Marcus Sedgwick

Wut

Für Peter

Marcus Sedgwick (1968–2022) war ein britischer Jugendbuchautor. Er arbeitete zunächst als Buchhändler und Verlagslektor, bevor er sich ganz aufs Schreiben konzentrierte. Ab 1994 verfasste er hauptsächlich Jugendromane, u. a. „Rot wie Blut – Weiß wie Schnee", „Der Todeskuss" und „Revolver".

MARCUS SEDGWICK

WUT

Aus dem Englischen von
Julia Süßbrich

GULLIVER

Inhalt

Kapitel 1
Kobolde 7

Kapitel 2
Feen 18

Kapitel 3
Trolle 36

Kapitel 4
Geister 48

Kapitel 5
Die Schumann-Resonanz 72

Kapitel 6
Elfen 80

Kapitel 7
Gnome 88

Kapitel 8
Riesige Strahlen 110

Kapitel 9
Beulah 129

Kapitel 10
Wut 145

Kapitel 1

KOBOLDE

Donnerstag, der 7. Juli, 18.30 Uhr

Jetzt ist Cassie seit sechs Stunden weg.

Also zumindest offiziell. Vor sechs Stunden sind ihre Eltern zur Polizei gegangen und haben sie vermisst gemeldet. Die Polizei wollte wissen, ob irgendjemand irgendwas gesehen hat. Aber niemand weiß sicher, wie lange Cassie da schon weg war … Die Frage ist nicht so einfach, wie sie klingt.

Es ist Donnerstag, der 7. Juli. Seit Mittwoch hat niemand mehr Cassie gesehen. Alle dachten nur, dass sie wüssten, wo Cassie sei. Ihre Eltern nahmen an, sie sei zu Hause, oben in ihrem Zimmer, seit sie von der Probe gekommen war. Also lässt sich kaum sagen, wann Cassie wirklich verschwunden ist. Und mir ist noch etwas aufgefallen: Irgendwie war sie schon ganz, ganz lange weg.

Cassie Cotton. Immer ein wenig anders.

Jetzt fragst du vielleicht: „Anders als was? Oder anders als wer?“ Und ich kann nur sagen: einfach *anders*. Ich kann so etwas nicht gut – Leute beschreiben, Geschichten erzählen.

„Fang vorne an“, sagen immer alle. So viele Leute sagen das. „Erzähl die Geschichte einfach von Beginn an.“ Aber wer weiß denn, womit etwas wirklich losgeht?

Und bei Cassie gibt es tausend Anfänge. Manche davon sind ein paar Wochen her und andere ein paar Monate. Eine Stelle, an der man bei Cassies Geschichte vielleicht anfangen könnte, wäre viereinhalb Milliarden Jahre her, nämlich als die Erde entstand. Oder, noch genauer, kurz danach, als die erste Atmosphäre entstand. Denn da gab es die ersten Blitz-Einschläge: Seltsame rote Elektrizität knisterte zwischen dem Himmel und der Erde.

Ich habe dir ja gesagt, ich kann keine Geschichten erzählen. Ich fange mal an mit dem Tag vor sechs Wochen, an dem Cassie mir von dem Geräusch berichtet hat.

Erst sechs Wochen ist das her, aber in sechs Wochen kann viel passieren. Fast so viel wie in viereinhalb Milliarden Jahren. Es war während des Lockdowns – des letzten vor Beginn der Sommerferien. Dieser Lockdown schien ewig zu dauern. Wir taten alle nichts und die Welt hielt den Atem an.

Nein, stimmt nicht. Wenigstens sah Cassie es nicht so. Sie glaubte, alle Menschen auf der Welt hielten die Luft an. Aber die Erde selbst? Die Erde atmete.

Sie atmete langsam und tief.

Das hat Cassie zu mir gesagt. Und sie hat mir erzählt, woher sie wusste, dass die Erde atmete:
Sie hatte es gehört.

*

Weißt du noch, wie streng das bei diesem Lockdown war? Kein Rausgehen, für gar nichts. Festsitzen zu Hause, Tag für Tag, Nacht für Nacht.

Aufstehen. Frühstück. Schulkram. Papa machte Mittagessen. Noch mehr Schulkram für mich, während Papa herumtelefonierte, um irgendeinen Job zu finden. Danach sahen Papa und ich fern. Oder vielleicht ging ich in die Garage und übte dort Schlagzeug, bis die Nachbarn bei Papa anriefen und er mir sagte, ich solle aufhören.

Wieder mal.

Wenn ich meine Drumsticks weglegte, hörte ich nur noch die Stille einer Stadt im Lockdown. Ich konnte echt die Stille hören. Das war nicht normal. Es war fast unheimlich.

Deshalb ging ich wieder ins Haus. Papa gab mir einen Kuss und strubbelte mir durchs Haar. Ich schubste ihn weg. Er sagte: „Geh ins Bett, Fitz."

Und dann, in der einen Nacht vor sechs Wochen, passierte etwas anderes: Mein Handy machte „pling". Cassie.

Was machst du gerade?

Schlafen, schrieb ich zurück.

Klar, antwortete Cassie. Ich konnte mir vorstellen, wie sie beim Tippen diesen neckenden Blick in den Augen hatte. Irgendwie hatte sie diesen Blick, also, ich meine, hat sie diesen Blick. Cassie kann dich necken, ohne zu lächeln. Sie macht das nur mit den Augen. Sie lächelt nie. Oder falls sie doch lächelt, dann habe ich das noch nie gesehen.

Ich hatte noch gar nicht geantwortet, da kam schon ihre nächste Nachricht:

Am Üben gewesen?

War ich, bis die Nachbarn sich beschwert haben, erklärte ich ihr. **Wieder mal. Erstaunlich, dass du mich von dir aus nicht hören kannst.**

Das war vielleicht ein bisschen übertrieben. Cassie wohnt auf der anderen Seite des Parks, von uns aus gesehen. Die Rückseite ihres Hauses grenzt an den Park. Das ist bei uns auch so. Aber der Park ist groß und unsere Parkseiten liegen Welten voneinander entfernt. Wirklich ganze Welten.

Ich wäre froh, wenn ich dich hören könnte, antwortete Cassie. **Hauptsache, es würde dieses Geräusch übertönen.**

Was für ein Geräusch?, schrieb ich zurück.

Dieses Summen. Kannst du das nicht hören?

Was für ein Summen?, fragte ich.

Mal im Ernst – kannst du das nicht hören?

Was hören?!, hakte ich noch einmal nach.

Ein paar Minuten lang kam keine Antwort. Ich dachte: „Oh Gott, jetzt habe ich sie irgendwie verärgert." Ich versuchte, mir zu sagen, dass ich mich nicht verrückt machen sollte. Aber dann wunderte mich doch, dass Cassie mir mitten in der Nacht schrieb.

Ich stellte mir vor, wie ich im Dunkeln durch den Park gehen würde, von mir aus zu ihr. Wir wohnten nicht so wirklich weit auseinander, aber im Lockdown hätte Cassie genauso gut auf der Rückseite vom Mond leben können.

Ich fragte mich, ob sie nur mir spät in der Nacht Nachrichten schickte oder ob sie auch George und Francis schrieb – den anderen beiden aus unserer Band. Darüber dachte ich gerade nach, als mein Handy wieder „pling“ machte.

Egal, stand in Cassies Nachricht.

Ich wusste nicht, was ich antworten sollte, und kam mir doof vor. „Lass dir was einfallen“, ermahnte ich mich. „Warum bist du nicht witziger?“ Wie George. Die Leute mögen witzige Leute.

Und dann machte es wieder „pling“.

Ich habe mit den Jungs geredet, schrieb Cassie.

Dann hatte sie also nicht nur mir Nachrichten geschickt. Jetzt fühlte ich mich innerlich leerer.

Cassie meldete sich schon wieder.

Willst du einen neuen Sound ausprobieren?

Klar, antwortete ich. Ich meine, ich bin ja nur der Drummer, oder? Und ich hatte keine Ahnung, echt nicht. Aber ich wollte auf keinen Fall schreiben: **Nein, Cassie, ich will keinen neuen Sound ausprobieren.**

Cool, schrieb sie zurück. **Ich habe an ein bisschen Zeug gearbeitet.**

Wenigstens eine hat den Lockdown zu etwas genutzt, antwortete ich. Mir kam das ziemlich witzig vor und ich wartete auf eine Antwort. Aber ich bekam keine. Cassie war weg.

Ich schaltete das Licht aus und lag im Dunkeln. Ich versuchte, das Geräusch zu hören, von dem Cassie geschrieben hatte – dieses Summen. Ich konnte nichts hören, außer dieser endlosen Stille – wenn man Stille hören kann.

Ich fragte mich, was Cassie mit dem neuen Sound gemeint hatte und was Francis dazu sagen würde. Francis ist in der Schule in meinem Jahrgang. Er hat die Band gegründet. Sich selbst hat er zum Lead-Sänger gemacht. Er hat der Band den Namen gegeben: *Scott*. So heißt er mit Nachnamen. Es ist ein grässlicher Name, aber niemandem fiel ein besserer ein. Fand Francis jedenfalls.

Francis wusste, dass George ein bisschen Bass spielte und ich ein neues Schlagzeug zu Weihnachten bekommen hatte. Wenn ich „neues“ sage, meine ich damit nicht nagelneu. Ich meine damit neu *für mich*. Es war natürlich gebraucht. Aber ich hatte Papa gesagt, dass ich es genauso lieben würde, als wenn es nagelneu gewesen wäre. Und das stimmte auch.

Ich habe nicht vergessen, wie Papa guckte, als wir an Weihnachten das Garagentor aufmachten ... Wir zitterten beide in unseren Bademänteln und sahen damit auf der Straße total blöd aus. Papa rief: „Tadaa! Dein neues Schlagzeug!“ An seinem Gesicht konnte ich sehen, wie aufgeregt er war: vor Freude, aber auch vor Angst, dass mir das Geschenk nicht gefallen könnte. Ich merkte das und war bereit, ihm etwas vorzuspielen und zu sagen: „Ja, Papa, ich finde es super.“ Aber ich brauchte gar nicht zu spielen. Es war echt mega.

Vor ungefähr eineinhalb Jahren kam Francis also nach der Schule auf mich und George zu. Er sagte, dass er gerade eine Band gründen würde und Mitglieder dafür bräuchte. Francis wollte die Texte schreiben und singen. Und er fragte, ob wir irgendwelche Gitarristen wüssten.

George sagte: „In der Klasse meines Bruders ist ein Mädchen, das Gitarre spielt. Aber die ist komisch, meint mein Bruder."

Francis schaute nachdenklich. „Ach ja, die heißt Cassie Soundso ..."

„Cassie Cotton", sagte ich.

George und Francis sahen mich beide an.

„Mein Papa hat für ihre Eltern irgendwas gearbeitet", erklärte ich schulterzuckend. Und das stimmte. Papa war früher der Chef in einem Copy-shop auf der Hauptstraße. Cassies Eltern hatten bei ihm einen Haufen Flugblätter drucken lassen, die sie für eine ihrer Aktionen brauchten. Ihre Eltern leiten eine Organisation namens „Green Scotland", also „Grünes Schottland". Die haben sie selbst gegründet. Damit machen sie auf Umwelt-Probleme bei uns in der Gegend aufmerksam. Sie organisieren Proteste und so was. Sie sind hier ziemlich wichtig.

Francis sagte: „Morgen frage ich Cassie." Und so entstand die Band.

Ich lag also im Bett und fragte mich, was Cassie mit dem „neuen Sound“ meinte und wie das Francis gefallen würde. Unsere Band spielte seit ungefähr einem Jahr zusammen, vielleicht ein bisschen länger. Aber die Lockdowns unterbrachen das oft. Wenn die Schule offen war, probten wir im Musik-Raum. Da benutzte ich das Schul-Schlagzeug. Das ist nicht so gut wie meins. Es ist sogar ein richtiges Schrott-Ding, aber ich konnte nicht zwei Mal pro Woche mein eigenes mit in die Schule schleppen.

Dann dachte ich wieder über Cassie nach und fragte mich, warum sie unseren Chat so plötzlich abgebrochen hatte. Von einer Sekunde auf die andere war sie weg, hat nicht mal Tschüss geschrieben.

Als ich im Bett lag, wusste ich noch nicht alles. Kurz nachdem Cassie dieses Geräusch gehört hatte, hatte sie mir erzählt, dass sie verschwinden würde. Und jetzt lässt mir eine Sache keine Ruhe: Ich habe ihr nicht geglaubt.

Kapitel 2

FEEN

Donnerstag, 7. Juli, 22.30 Uhr

Jetzt ist Cassie offiziell seit zehn Stunden vermisst. Es ist halb elf am Abend und ich kann nicht mal an Schlaf denken. Ich liege wieder auf meinem Bett und starre an die Decke, wie ich es im Lockdown stundenlang getan habe.

Meine Gedanken schweifen ab. Im Kopf könnte ich durch die ganze Welt wandern, irgendwohin, wo es interessant ist. Ich könnte in den Himmel schweben, ganze Meilen hoch über die Erde, noch über ein Gewitter. Dort könnte ich seltsame, weiße Lichter aufblitzen und wieder verblassen sehen. Aber das tue ich nicht.

Jetzt, wo der Lockdown vorbei ist, könnte ich wenigstens draußen sein. Es ist Sommer – die Abende sind lang. Papa wäre das egal.

Aber wie soll ich irgendwohin gehen, wenn ich weiß, dass Cassie irgendwo da draußen ist? Zumindest hoffe ich, dass sie irgendwo da draußen ist.

Über eine andere Möglichkeit will ich gar nicht nachdenken. Ich schiebe den Gedanken weg und erinnere mich an eine andere Nacht, genau wie diese, vor ein paar Wochen. Das war kurz vor Ende des Lockdowns ...

*

„Pling!“, machte mein Handy. Es war wieder spät, als Cassie mir schrieb, schon nach elf. Aber ich schlief noch nicht. Und ich war nicht der Einzige. Ich glaube, es lag irgendwie daran, wie das Leben und die ganze Welt sich plötzlich veränderten. Unsere Gewohnheiten wurden über Nacht weggefegt und ersetzt durch ... durch Zweifel und Unsicherheit. Jede Nacht lag ich mit offenen Augen im Bett und starrte in die Dunkelheit des Zimmers. Ich stellte mir vor, dass eine ganze Welt voller Menschen dasselbe tat: über die Zukunft nachdenken. Wie die Zukunft aussehen würde. So in der Art.

Als ich das Pling hörte, drehte ich mich im Bett um und fischte im Dunkeln nach meinem Handy.

Heute Nacht ist es wirklich stark, lautete Cassies Nachricht.

Ich wollte antworten: **Was denn?** Doch ich riss mich zusammen und ermahnte mich, etwas schlauer zu sein – sie meinte das Geräusch, von dem sie geredet hatte.

Um zu zeigen, dass ich sie verstand, schrieb ich also lieber: **Was glaubst du, was das ist?**

Weiß ich nicht. Kommst du raus und hörst es dir mit mir an?

Du bist draußen?!, tippte ich. Sobald ich das abgeschickt hatte, dachte ich: Da, genau davon rede ich immer – hör auf, so dumm und berechenbar zu sein. Versuch mal, etwas interessanter zu sein.

Also tippte ich sofort noch eine Nachricht, bevor Cassie antworten konnte. Ich fragte: **Wo bist du?**

Im Park, antwortete Cassie. **Komm raus. Es ist verrückt.**

Verrückt. Ich muss verrückt sein, wenn ich im Lockdown rausgehe, dachte ich. Trotzdem stand ich auf und zog mich an. Ich öffnete meine Zimmer-Tür. Ich weiß noch, dass ich mich irgendwie selbst dabei beobachtete. Aber ich versuchte nicht, es bleiben zu lassen.

Ich schlich an Papas Tür vorbei. Es schien so, als gehörte er zu den wenigen Menschen, die problemlos schlafen konnten trotz allem, was in der Welt passierte. Ich hörte ihn schnarchen, obwohl er gerade erst ins Bett gegangen war. Das ist mein Papa.

Ich erinnere mich an etwas, das Mama einmal zu Papa gesagt hat: „John, du bist so ein einfacher Mensch." Das klingt vielleicht gemein, aber so hat sie es nicht gemeint. Sie dachte, es sei gut, einfach und unkompliziert zu sein. Jede Nacht tief schlafen zu können – etwas, das Mama nie schaffte. Ich scheine nach meiner Mutter zu kommen.

Verrückt, dachte ich, als ich in der Küche meine Stiefel anzog. Das hier ist verkehrt. Das ist ... verboten. Wenn ich erwischt werde ... Diesen Gedanken konnte ich nicht zu Ende denken. Ich wusste ja nicht, was passieren würde, falls mich jemand erwischte. Aber ich wusste, dass es übel ausgehen würde – für mich und für Papa.

Ich wusste, dass niemand rausgehen sollte. Es zählte gar nicht, dass ich niemandem begegnen würde, außer Cassie, von der ich 2 Meter Abstand halten konnte. Es ging nur darum, dass niemand es tun durfte. Denn wenn jeder es täte, würden die Zahlen wieder steigen. Die Zahlen kranker Leute. Und sterbender Leute. Also wusste ich, dass ich egoistisch handelte. Aber ich konnte nicht anders.

Ich schickte Cassie eine Nachricht: **Wo genau bist du?**

Eine Sekunde später machte mein Handy wieder „pling". Ich erstarrte und fluchte, weil ich es nicht auf lautlos gestellt hatte. Ich tastete nach dem Schalter und lauschte, ob von oben ein Geräusch kam. Nichts. Papa schlief noch. Die ganze Welt schien zu schlafen, außer mir und Cassie irgendwo im Park. Ich muss zugeben, der Gedanke war wunderbar. Sogar aufregend.

Ich schloss die Hintertür auf und ging durch unseren winzigen Garten. Ich schlüpfte durch das Garten-Tor direkt in den Park. Dann sah ich wieder aufs Handy.

Such mich, lautete Cassies Nachricht.

Oh Gott, Cassie.

Der Park ist nicht riesig, aber schon anständig groß. Und es war fast ganz dunkel. Die Laternen im Park waren während des Lockdowns nachts ausgeschaltet. So wurde Strom gespart, dafür hatten Cassies Eltern sich eingesetzt. In der Luft hing nur ein blasses Schimmern von den Straßen-Laternen in der Stadt. Kein Mond, keine Sterne. Aber wenigstens war es eine warme Sommer-Nacht.

Ich wartete ab, ob meine Augen sich noch ein bisschen an die Dunkelheit gewöhnten. Aber dann beschloss ich, dass sie es nicht taten. Ich ging los und versuchte zu erahnen, wo Cassie sein könnte.

Der Park ist eigentlich kein Park. Wir nennen ihn nur so. Er ist ein breiter, flacher, dreiseitiger Gras-Hügel. Früher gehörte er zu dem Grundstück, auf dem das alte Krankenhaus gebaut wurde. An zwei Seiten hat er eine alte, bröckelnde Mauer. An der dritten Seite führt die Straße entlang. Hinter der Straße liegt das Krankenhaus-Gelände.

Das hört sich jetzt blöd an, aber es ist kaum zu glauben, wie anders alles im Dunkeln ist. Selbst in deinem eigenen Zimmer – an dem Ort, den du wahrscheinlich am besten auf der ganzen Welt kennst. Wenn du nachts aufstehst und kein Licht anmachst, ist da alles anders. Manche Teile sehen kleiner aus und andere größer. Du stößt dir den Zeh an deinem Schreibtisch, obwohl du dachtest, du wärst weit davon entfernt. Dann krachst du gegen die Tür, die dir scheinbar entgegengekommen ist.

Im Park war das noch schlimmer. Zuerst war ich noch voll von einem Gefühl so ungefähr wie Aufregung. Da war einerseits die Gefahr, erwischt zu werden, und andererseits der Nervenkitzel, draußen zu sein. Ich war tagelang nicht draußen gewesen, außer im Garten. Papa hatte allein eingekauft. Er fand, es lohnte sich nicht, dass wir beide etwas riskierten. Ich war ein Gefangener gewesen wie wir alle. Und jetzt war ich frei. Nachts. Und ich würde gleich Cassie Cotton treffen.

Aber ich verlief mich ziemlich bald, obwohl ich hier aufgewachsen war. Der Park ist eigentlich wie ein großer Hausgarten für mich. Sobald ich Rad fahren konnte, verbrachte ich kaum noch Zeit auf dem kleinen Gras-Flecken hinter unserem Haus. Sagt Papa. Aber jetzt hatte ich keine Ahnung, wo ich war.

Ich drehte mich immer wieder um mich selbst. Ich dachte, rechts würde ich ein schwaches Licht sehen. Aber sobald ich direkt hinschaute, verschwand es. Ich wandte meinen Blick ein wenig ab und konnte das Schimmern wieder im Augenwinkel sehen. Dann schaute ich direkt hin und es verschwand wieder.

„Pling!“, machte mein Handy.

Was hält dich auf?, fragte Cassie.

Nichts Besonderes, antwortete ich. **Es ist nur total dunkel.**

Warte kurz.

Und da tauchte das helle Flimmern einer Handy-Taschenlampe auf. Genau an der Stelle, wo vorher der blasse Schein geschimmert hatte.

Ich ging darauf zu und schrieb Cassie im Gehen: **Schalte es aus, bevor es noch jemand sieht.**

Das Licht wurde wieder zu einem ganz blassen Schimmern und ich beeilte mich. Als ich schon fast bei Cassie war, dachte ich: Oh, habe ich eine Maske? Ich fummelte in der Tasche meines Hoodies herum. Da war eine, noch vom letzten Mal, als ich draußen war. Wann auch immer das gewesen sein mochte.

„Hier bin ich", sagte Cassie, während ich die Maske aufsetzte.

Ich brauchte einen Moment, um Cassie zu finden. Aber dann bewegte sie sich und ich konnte erkennen, dass sie auf dem Boden lag. Cassie lag auf dem Bauch, das Gesicht unten, die Arme ausgebreitet. Irgendwas daran machte mich nervös. Es sah aus, als würde sie sich an der Welt festklammern. Sich festhalten, um nicht von der Erdkugel zu fallen.

Dann rollte Cassie sich auf den Rücken, wackelte mit ihrem Handy und nutzte sein blasses Licht, um mich zu führen. Ich kam direkt auf sie zu und setzte mich hin. 2 Meter entfernt. Im Dunkeln konnte ich nur Cassies gebleichtes, weißes Haar und die blasse Haut ihres Gesichts und ihrer Hände schimmern sehen.

„Das solltest du wegtun", sagte ich. Ich meinte ihr Handy.

Cassie antwortete nicht. Aber sie tat, was ich vorgeschlagen hatte.

„Du hast keine Maske", sagte ich und dachte: Oh Mann, du bist echt der dümmste Junge auf dem Planeten.

„Ja, tut mir leid", erwiderte Cassie. „Die habe ich vergessen, als ich aus dem Haus ging."

Ich antwortete nicht.

Dann sagte sie: „Lausch mal. Hörst du das Summen? So deutlich war es noch nie."

Ich lauschte. Ich hörte ganz genau hin.

Alles war still. Ich wollte es wirklich hören. Aber da war nichts. Eigentlich glaube ich sogar, ich hatte noch nie im Leben weniger Geräusche gehört. Ganz weit weg hörte ich ein paar Sekunden lang ein Auto, aber dann war das auch wieder weg. Mein Atem war alles, was ich hörte.

„Irgendwie so“, sagte ich.

„Du lügst.“ Ich konnte gar nicht so schnell antworten, da fügte Cassie schnell hinzu: „Leg dich hin.“

Das Gras war feucht vom Tau, obwohl Sommer war. Aber ich legte mich neben Cassie auf den Rücken und starrte in den Himmel. Es war wohl bewölkt, denn die Sterne waren nicht zu sehen. Ich konnte nicht mal die Wolken erkennen.

„Lausch mal“, sagte Cassie. „Versuch es echt.“

„Tut mir leid“, erwiderte ich, als ob es meine Schuld gewesen wäre.

„Hörst du es wirklich nicht?“

„Nö“, antwortete ich.

„Na ja, ich glaube, es ist wieder etwas schwächer. Es kommt und geht.“

„Was ist es denn?“, fragte ich.

„Ein Summen“, erklärte Cassie. „Ganz tief.“

„Ein Summen?“

„Ein Summen. Du weißt doch, was Summen ist.“

„Was summt denn da?“, fragte ich.

Einen Moment lang antwortete Cassie nicht. Dann sagte sie: „Ich weiß es nicht. Ich glaube, es kommt von der Erde.“

„Es ist im Boden?“, fragte ich.

„Nein, nicht im Boden drin. Es kommt vom Boden.“

Mein Gott, sagte ich mir, warum bist du so schwer von Begriff? Warum kommst du nicht mit? Fällt dir nichts Gutes ein, was du sagen kannst?

Ich fragte: „Wann hast du es zum ersten Mal gehört?“

„Vor ein paar Wochen“, antwortete Cassie. „Als dieser Lockdown anfing.“

„Und hörst du es die ganze Zeit?“

„Nein, es kommt und geht. Das habe ich doch gesagt.“

„Was glaubst du, was es ist?“, wollte ich wissen.

„Das hast du mich schon gefragt.“

„Ja, irgendwie schon, weiß ich.“

Cassie klang nicht so, als sei sie sauer auf mich. Sie klang ... sehr weit weg. Als ob sie 2 Meilen von mir entfernt wäre und nicht nur 2 Meter.

Und dann fühlte ich etwas. Sie muss wohl näher bei mir gelegen haben, als ich dachte, denn ich spürte, wie ihre Fingerspitzen meine berührten. Sie streiften sie nur ganz leicht. Ganz plötzlich sah ich uns von weit oben über der Erde. Ich schaute herab auf diesen Park in dieser Stadt in diesem Land, das sich Schottland nennt. Ich sah einen Planeten, der von einem Virus überwältigt worden war – einem Virus, das man nur unter einem starken Mikroskop erkennen konnte. Zwei kleine Gestalten lagen mit ausgestreckten Armen auf dem Rücken. Ihre Fingerspitzen berührten sich nur leicht.

Ich bewegte mich nicht.

Ich hatte Cassie noch nie berührt. Ich hatte noch nie ein Mädchen berührt. Ich spürte einen richtigen physischen Schlag, eine Energie-Bewegung. Ich weiß, das hört sich doof an, aber ich habe das gefühlt. Unsere Körper haben sich leicht verbunden in einem Universum, das nur aus Energie besteht – sagt man.

Ich hatte ganz vergessen, dass ich sie etwas gefragt hatte. Aber jetzt antwortete Cassie: „Ich glaube, das ist das Atem-Geräusch der Erde.“

Ich sagte nichts. Ich fragte mich, ob Cassie den Verstand verlor. Und ich wusste nicht, was ich sagen sollte, weil ich sie so sehr mochte. Also gernhatte, meine ich.

Nein, das war es noch nicht mal. Ich wusste nicht, was ich sagen sollte, weil ich wollte, dass sie *mich* mochte.

Cassie erklärte: „Deshalb kommt und geht das Geräusch. Über Stunden. Das ist wie der längste, langsamste Atemzug, den du dir überhaupt vorstellen kannst. Weil der Planet so riesig ist, weißt du?"

„Ich weiß", sagte ich. Und wieder verfluchte ich mich.

„Fitz", sagte Cassie. Und ich fragte: „Was?"

„Denkst du jemals darüber nach, dass du Einzelkind bist?"

„Ich?", fragte ich.

Oh mein Gott, kommst du damit jetzt mal klar?, ermahnte ich mich im Kopf.

„Ja, du, Fitz. Wir sind beide Einzelkinder. Denkst du darüber jemals nach?“

Ich überlegte, was ich sagen sollte. Ich war nicht sicher, warum ich nicht einfach so mit ihr reden konnte wie mit Papa – dabei war eigentlich völlig klar, warum.

„Also …“, fing ich an. „Eigentlich bin ich gar kein …“

Dann machte Cassies Handy „pling“.

Sie holte es raus, sah auf das Display und setzte sich aufrecht hin.

„Ich muss los“, sagte sie und stand auf.

Ich sprang auch auf.

„Das hier war …“, setzte ich an.

Cassie hörte nicht hin – sie blickte wieder auf ihr Handy.

Sie hielt es irgendwie flach und ich konnte das Display halb sehen. Aber von da, wo ich stand, sah ich es verkehrt herum. Ich konnte die Wörter sehen, aber sie standen auf dem Kopf und so konnte ich sie gedanklich nicht ganz miteinander verknüpfen.

Plötzlich schaute Cassie auf.

„Fitz, du stehst zu nah bei mir“, sagte sie. „Du kennst die Regeln.“

Ich wich zurück, und sie machte eine Handbewegung.

„War nur Spaß. Hey, hast du in den Nachrichten gehört, dass sie den Lockdown vielleicht bald aufheben? Dann können wir uns wieder treffen und Musik machen.“

Genau in dem Moment hätte ich sie fragen können, ob ich mich auch mal mit ihr allein treffen könnte. Aber ich machte nur kurz meinen Mund auf und schloss ihn ängstlich wieder.

Und Cassie haute ab. Sie trottete durch die Dunkelheit nach Hause, auf die teure Seite des Parks, während ich mich auf meinen Heimweg machte.

Ich legte mich wieder ins Bett, ließ meinen Kopf auf dem Kissen ruhen. Und mein Gehirn setzte endlich die Wörter zusammen, die ich verkehrt herum auf Cassies Handy-Display gesehen hatte. Irgendwie fiel es mir plötzlich ein. Es waren nur drei Wörter:

Entschuldigung. Komm zurück.

Kapitel 3

TROLLE

Freitag, 8. Juli, 10.30 Uhr

Es ist halb elf morgens am Freitag, dem 8. Juli. Cassie ist nun seit 22 Stunden vermisst. Ich denke daran, wie irgendwo in der oberen Atmosphäre kleine rote Lichter explodieren und nach unten schießen. Die Polizei kam heute Morgen um halb neun und ist gerade erst wieder weg. Sie haben sich zehn Minuten mit Papa unterhalten und dann eine Stunde und fünfzig Minuten mit mir. Sie wollten alles wissen, was ich ihnen über Cassie sagen konnte – alles, was ihnen einen Hinweis darauf geben könnte, wohin sie verschwunden ist.

Sie waren zu zweit: ein Mann in Uniform und eine Frau in normaler Kleidung mit grimmigem Gesicht. Sie hieß Mary. Sie war die Leitende Ermittlungsbeamtin, erklärte sie mir. Aber als wir uns an den Küchentisch setzten, sagte sie, ich solle sie Mary nennen. Sie redete mit mir, als sei ich fünf Jahre alt.

„Du bist James Fitzgerald, richtig?“, fragte Mary, während sie auf ihren Notizblock schaute.

„Mich nennen alle nur Fitz“, sagte ich.

„Tatsächlich?“

In meiner Klasse hießen drei Jungen James. Da wurde ich irgendwann zu Fitz, damit alle uns auseinanderhalten konnten. Jetzt sagt sogar Papa Fitz zu mir.

Mary sah mich an, als sei ich das langweiligste Ding im ganzen Universum.

„Fang am Anfang an“, sagte sie. Alle sagen das immer.

„Ich weiß nicht, womit es angefangen hat“, sagte ich.

Mary runzelte die Stirn, als ob ich mich anstellen würde. Dabei versuchte ich nur, ehrlich zu sein.

Ich dachte, das sollte man in solchen Zeiten so machen. Die Wahrheit sagen.

Mary fragte: „Hast du irgendeine Ahnung, wohin Cassie gegangen sein könnte?“

Ich schüttelte den Kopf. „Ich ... Eigentlich nicht.“

Mary seufzte. Sie hatte ihren Notizblock vor sich auf den Tisch gelegt. Jetzt schob sie ihn weg und lehnte sich ein wenig zurück.

„Weißt du, was die Goldene Stunde ist?“, fragte Mary. Ich schüttelte wieder den Kopf, also erklärte sie es mir.

Die Goldene Stunde ist die erste Stunde, nachdem ein Verbrechen verübt wurde oder nachdem jemand verschwunden ist. Informationen, die die Polizei zu dieser Zeit bekommt, sind am wichtigsten für die Aufklärung des Verbrechens. Oder um die Person zu finden. Die Goldene Stunde war jetzt schon lang vorbei. Mary brauchte so viele Informationen wie möglich darüber, was Cassie gemacht hat, bevor sie verschwunden ist. Sobald sie mich fertig belehrt hatte, habe ich ihr alles erzählt, was ich wusste.

Am Mittwoch haben wir abends geprobt. Hier. Papa hatte das Auto auf der Straße geparkt, sodass wir die Garage benutzen konnten. Gegen zehn haben wir aufgehört, weil Papa sagte, er könne die wütenden Anrufe der Nachbarn nicht mehr stoppen. Cassie hatte gerade schon eingepackt und war gegangen. Francis und George sind ein kleines bisschen länger geblieben. Cassies Eltern sagen, sie hätten gehört, wie Cassie reinkam und direkt ins Bett ging – aber gesehen hätten sie sie nicht. Und dann kam sie morgens nicht zum Frühstück herunter. Zuerst dachten sie sich nichts dabei, weil gerade Sommerferien sind. Aber irgendwann ist Cassies Mutter hochgegangen, um nach ihr zu schauen, und sie war nicht da. Sie haben Papa angerufen. Zwei Stunden später haben ihre Eltern die Polizei gerufen.

Mary ließ mich wieder und wieder erzählen, was passiert ist. Ich dachte nur die ganze Zeit: Wäre es nicht eine gute Idee, einmal zu fragen, *warum* sie verschwunden war? Also versuchte ich, das Mary mitzuteilen. Ich versuchte, ihr von dem Geräusch zu erzählen, und davon, dass Cassie es hörte, aber niemand sonst.

Mary wollte von dem Geräusch nichts wissen. Sie machte nur eine kurze Pause, als ob ich ein schwieriges Kind wäre. Dann fing sie wieder von vorne an, und wir gingen die ganze Geschichte noch einmal durch.

Ich kam an einen Punkt, an dem ich mich selbst nicht mehr wahrnahm, irgendwie nicht mehr da war. Während ich dieselben fünf oder sechs Fakten immer wieder erzählte, erinnerte ich mich an unsere letzte Probe – also vor Mittwoch, meine ich.

*

Vor drei Wochen. Der Lockdown war vorbei. Wir hatten noch zwei Wochen Schule bis zu den Sommerferien. Mir kam es doof vor, und vielen anderen auch. Nach dieser ganzen Zeit, in der alle zu Hause gearbeitet hatten, hätten wir das auch noch durchziehen können. Aber die Schule meinte, wir sollten alle so schnell wie möglich zur Normalität zurückkehren. Und das hieß: wieder ins Gebäude gehen und in Klassenräumen sitzen.

Normal. Als ob jemals alles wieder *normal* würde, genau wie vorher.

Keiner konnte sich konzentrieren. Die Stunden waren furchtbar. Die Lehrer waren erschöpft. Und wir waren auch total kaputt. Alle spielten Schulalltag, einfach nur, damit Schule stattfand. Niemand hatte die Kraft, Unfug anzustellen.

Das einzig Gute war, dass wir wieder proben konnten.

Ich kam als Erster zum Musik-Raum. Oder wenigstens *dachte* ich das. Als ich die Tür aufmachte, schien der Raum nämlich leer zu sein. Aber als ich reinging, sah ich Cassie auf dem Boden liegen. Ihr Kopf steckte in der Bass-Trommel vom Schlagzeug. Es ist ein Schlagzeug ohne Fell vorne an der Bass-Trommel. Cassie lag auf dem Rücken, mit dem Kopf und den Schultern komplett in der Trommel.

„Cassie?“, fragte ich. Ich konnte ihr Gesicht nicht sehen, aber ich wusste, dass sie es war. Einen Moment lang blickte ich auf ihre Knie, die nackt aus dem Schul-Rock ragten. Aber dann schaute ich weg. Es fühlte sich falsch an, wenn sie nicht wusste, dass ich hinsah.

„Hm?“, brummte sie.

„Was machst du da?“, fragte ich.

„Ich lausche“, sagte sie.

Sie hielt in der Trommel eine Hand hoch und schnipste von innen mit einem Finger gegen das Fell. Lauschend.

„Oh“, sagte ich.

„Ich dachte, hier drin könnte es stärker sein“, erklärte sie.

„Meinst du das Summen?“

Cassie wand sich heraus. Sie hatte sich gerade wieder vor das Schlagzeug gesetzt, als Francis und George reinkamen.

Francis stoppte.

„Was ist hier los?“, fragte er misstrauisch.

„Nichts“, antwortete Cassie. Und dann haben wir geprobt.

Die Band hatte am Anfang noch Spaß gemacht, aber irgendwann wurde es seltsam. Ich glaube, keiner wusste genau, wieso. Aber es lag auch an der Musik. Francis hat einfach einen schrecklichen Musik-Geschmack. Ihm gefällt vor allem der Gedanke, Lead-Sänger zu sein. Er ist groß und blond, und total viele Mädchen stehen auf ihn. Aber ich glaube, Francis steht noch ein bisschen mehr auf sich als die Mädchen.

Und sein Musik-Geschmack ist einfach fürchterlich. Von Anfang an wollte er, dass wir altes Rock-Zeug spielten, was selbst mein Vater abgedroschen gefunden hätte. Und wir taten unser Bestes, um Francis von interessanteren Sachen zu überzeugen. Wenn Francis also wollte, dass wir „Jumping Jack Flash“ von den Rolling Stones spielten, versuchten wir, ihn rumzukriegen, dass wir lieber „Paint it black“ spielten. Und wenn er etwas von den Beatles spielen wollte, versuchten wir, dafür zu sorgen, dass es „Tomorrow Never Knows“ oder „Helter Skelter“ war und nicht „Ticket to Ride“ oder so ein Mist. Cassie drängte Francis immer.

Bei dieser letzten Probe in der Schule hatten wir Francis gerade fast überzeugt, dass wir „Plug in Baby“ von Muse covern sollten. Aber dann holte Cassie ihr Handy raus und sagte: „Das hier sollte unsere Richtung sein.“

Sie drückte auf Play, und aus dem Handy brüllte The Mars Volta mit „Cotopaxi“. Francis guckte so, als würde er nicht verstehen, was gerade los war.

„Das ist Musik?“, fragte er, als es zu Ende war.

„Nein“, sagte Cassie. „Das ist großartige Musik.“

„Es hat eine gute Takt-Vorzeichnung“, sagte George und sah mich an. „Meinst du, du kommst damit klar?“

„Ja sicher“, sagte ich.

Ich wusste natürlich genau, dass ich das nicht konnte. Aber das wollte ich vor Cassie nicht zugeben. Ich musste eben zu Hause herausfinden, wie es ging, falls wir es wirklich mal versuchen sollten.

Aber als wir dann einpackten, passierte etwas Blödes.

Francis sagte: „Hey, Cassie. Fitz meint, du würdest irgendwas hören.“

Cassie warf mir einen Blick zu.

„Das habe ich nicht gesagt. Also, nicht so“, erklärte ich.

„Wie hast du es denn gesagt?“, fragte Cassie mich.

„Ich habe ihnen einfach davon erzählt … von dem Geräusch, das du jetzt immer hörst.“

Sie starrte mich an, als ob ich sie verraten hätte, und ich fühlte mich furchtbar.

George fragte: „Kannst du es jetzt hören?“

Cassie schwieg einen Moment. Dann drehte sie sich langsam zu George um und sagte: „Jep. Du nicht?“

George lauschte. Im Musik-Raum war es still. Die Mittagspause war fast um, alles schien ruhig zu sein. „Da ist nichts“, sagte George.

Francis sah Cassie fest in die Augen und meinte: „Du hörst nur die Heizung."

„Und warum kann ich es dann die ganze Zeit hören?", fragte Cassie. „Überall. Immer dann, wenn kein anderes Geräusch es übertönt."

Francis lächelte irgendwie spöttisch. „Hast du deshalb die ganze Zeit Kopfhörer auf?"

Cassie funkelte ihn wütend an. Dann schnappte sie sich einfach ihren Gitarren-Kasten und ging zur Tür.

„Cassie ...", setzte ich an. Aber sie ignorierte mich. Die Tür schlug hinter ihr zu.

„Francis, du bist manchmal so ein Blödmann", sagte ich.

„Na ja, wenigstens bin ich nicht *die ganze Zeit* einer", erwiderte er und haute ab.

„Wieso ist der denn jetzt sauer?", fragte ich George. Er zuckte nur mit den Schultern.

„Gehen wir Pommes essen?", fragte er.

Das Ende der folgenden Woche war das Ende des Schuljahrs. Wir probten nicht noch mal. Ich sprach kaum mit George, und mit Francis noch weniger. Cassie sah ich nicht, aber sie ging mir nicht aus dem Kopf, weil ... weil mir etwas aufgefallen war. Zu spät, wie gewohnt, aber mir war etwas aufgefallen.

Ich *hatte* Francis und George von dem Summen erzählt. Cassie hatte mir nämlich nicht gesagt, dass ich das nicht sollte, weil es ein Geheimnis war. Aber sie war sauer, als ich es ihnen erzählt habe. Das bedeutete also, dass sie es nur *mir* erzählt hatte. Das hieß, Cassie nahm an, ich würde schon wissen, dass ich es für mich behalten sollte. Aber warum? Bedeutete es genau das, was ich wollte?

Schon wieder machte es mich fertig zu wissen, wie blöd ich war. Und das war erst vor einer Woche. Eine Woche, bevor sie verschwand.

Kapitel 4

GEISTER

Irgendwann zwischen Freitag, dem 8., und Samstag, dem 9. Juli

Es ist spät.

Jetzt ist es eineinhalb Tage her, dass Cassie vermisst gemeldet wurde. Eigentlich hätte ich es besser nicht gemacht, aber ich habe im Internet ein paar Sachen über vermisste Menschen nachgeschaut. Es gab eine gute Nachricht: 99 Prozent aller jungen Leute werden wiedergefunden. Ich habe einen Artikel gelesen, in dem alle Zahlen dazu standen. Er erklärte, dass uns diese 99 Prozent so überraschen, weil wir nur von den Kindern und Jugendlichen erfahren, die nicht wiedergefunden werden. Von dem 1 Prozent also. Die landen in den Überschriften und Nachrichten. Also besteht ziemlich viel Hoffnung, dass Cassie gefunden wird.

Aber es gab auch weniger gute Nachrichten. Von diesen 99 Prozent werden 94 Prozent innerhalb von 72 Stunden gefunden. Das sind nur drei Tage. Nach drei Tagen sinkt die Chance, Cassie zu finden, sehr stark. Nach einer Woche kann man die Hoffnung eigentlich aufgeben. Und diese Zahlen gelten für alle Fälle von Vermisst-Meldungen. Die meisten Kinder und Jugendlichen laufen einfach nur von zu Hause weg – und wenn sie Hunger kriegen, kommen sie zurück. Aber wenn sie entführt worden sind ... Dann steht die Chance, sie jemals wiederzusehen, bei ungefähr 50 Prozent.

Das ist noch so ein Gedanke, den ich lieber wegschiebe.

Ich kann nicht glauben, dass Cassie entführt wurde – das will ich nicht. Aber eine Sache macht mir Sorgen. Etwas, das sie gesagt hat, als ich zu ihr gegangen bin, um mich zu entschuldigen.

*

Ich hatte Cassies Leben zur Hölle gemacht, indem ich Francis und George von dem Geräusch erzählt hatte, das sie hörte. Die Schule zur Hölle gemacht, meine ich. Ich vermutete, dass Francis es weitererzählt hat. Nach der Probe, an deren Ende Cassie aus dem Raum gestürmt war, hatten wir nur noch eine gute Woche Schule. Aber in der Schule spricht sich alles schnell rum.

Warum setzt sich eine Sache durch und eine andere nicht? Wer weiß das schon? Jedenfalls ärgerten scheinbar fast alle Cassie wegen des Geräuschs. Der Scherz bestand darin, summend an ihr vorbeizugehen. Wenn sie einen sah und sich zu einem hinwandte, hörte man auf und zuckte mit den Schultern. Und dann fing jemand anderes hinter ihr damit an. So ging das Spiel wieder von vorne los.

Ich selbst habe niemanden dabei gesehen, aber die ganze Schule redete davon. George hat mir erzählt, dass in Cassies letzter Schulstunde des Schuljahres, einer Englisch-Stunde, jemand zu summen anfing. Echt so leise, dass die Lehrerin es nicht hören konnte. Dann summte noch jemand mit, ein bisschen lauter. Und dann noch jemand und noch jemand, bis die Lehrerin es hören konnte. Aber sie konnte nicht sagen, wer das Geräusch machte. Und bald machte es die ganze Klasse. Die Lehrerin konnte sie nicht zum Aufhören bringen.

Cassie stand auf und schrie alle an. Darum wurde sie zum Direktor geschickt und musste am letzten Schultag eine Stunde nachsitzen, während alle anderen nach Hause rannten, um in die Sommerferien zu starten.

Ich wusste, dass das alles meine Schuld war.

Am Abend dieses letzten Schultags saßen Papa und ich mit Tellern auf dem Schoß vor dem Fernseher. Das machen wir total gerne zusammen. Jetzt, wo die Fisch-Bude wieder offen hatte, hatte er uns Fisch und Pommes geholt, unser Lieblings-Essen. Und dazu guckten wir noch unsere Lieblings-Ratesendung *The Chase: Gefragt – Gejagt*.

Papa beantwortete Fragen wie verrückt. Wenn er einmal so in Fahrt kommt, sage ich ihm immer, er soll sich für die Sendung bewerben. Ich glaube, er könnte das echt schaffen. Vielleicht würde er sogar Geld gewinnen.

Der Moderator, Bradley, fragt die Teilnehmer immer: „Und was würdest du machen, wenn du heute Geld gewinnen würdest?"

Die sagen dann alle: „nach Las Vegas fahren“ oder „Designer-Schuhe kaufen“.

Und ich frage mich immer, ob Papa den Mut hätte, dann zu sagen: „Dafür sorgen, dass wir in den nächsten sechs Monaten genug zu essen haben, Brad. Es sind harte Zeiten.“

Ich merkte, was Papa sich von mir wünschte: Ich sollte ihn für die richtigen Antworten loben und ihm sagen, dass er das toll machte. Aber ich war mit dem Kopf woanders.

Papa fragte irgendwann: „Kind, was ist los?“

Ich zuckte mit den Schultern. „Weiß nicht.“

„Doch, weißt du. Du willst es mir nur nicht erzählen.“

Ich erwiderte: „Wenn du so schlau bist, warum gehst du dann nicht in diese Sendung?“ Ich versuchte, es witzig klingen zu lassen.

Papa stellte seinen Teller auf den Boden und drehte sich zu mir um. Er fragte: „Es geht um dieses Mädchen, oder? Cassie. Ist irgendwas passiert?“

Ich zuckte noch mal mit den Schultern. Dann nickte ich. „Alle ärgern sie. Und das ist irgendwie meine Schuld.“

„Oh, verstehe“, sagte Papa. Er rieb sich das Kinn, sodass die Stoppeln ein Kratz-Geräusch machten. Danach fragte er: „Bist du dir da sicher?“

„Vielleicht“, antwortete ich.

„Vielleicht. Klar. Hör mal, Fitz ... Habe ich dir schon jemals erzählt, wie deine Mutter und ich zusammengekommen sind?“

„Nur ungefähr eine Million Mal“, erwiderte ich.

Er lachte.

Papa und Mama sind zusammengekommen, weil Papa sich auf den ersten Blick in sie verliebt hat. Sie waren beide 16 und auf unterschiedlichen Schulen. Papa arbeitete an den Wochenenden im Kino.

Er verkaufte da Karten und Popcorn. Und jeden Samstag kam Mama mit ein paar Freundinnen dahin. Sie kauften Popcorn und guckten sich einen Film an. Papa war verrückt nach ihr, aber sie schien ihn überhaupt nicht zu bemerken – noch nicht mal, wenn er sie beim Bedienen anlächelte oder ein bisschen mit ihr redete und so.

Und dann, eines Samstags, kam Mama ohne ihre Freundinnen ins Kino, dafür aber mit einem Jungen. Also schimpfte Papa mit sich selbst, denn ihm fiel etwas auf: Dieser Junge hatte den Mut, Mama auf ein Date einzuladen – und er selber hätte sogar schon ungefähr ein Jahr lang die Gelegenheit dazu gehabt! Jetzt hatte er seine Chance verpasst, dachte Papa. Der andere Junge hatte sie ihm weggeschnappt. Nachdem der Film vorbei war, leerte Papa gerade einen Mülleimer im Eingangsbereich, als die beiden an ihm vorbei rausgingen, zu einem Auto. Eine Frau holte sie ab. Es stellte sich heraus, dass sie die Mutter der beiden war, der Junge war Mamas Bruder. Jetzt ist er mein Onkel Billy. Papa wusste das damals nicht, aber er hat die Nachricht verstanden, die das Universum ihm schickte. Am nächsten Wochenende hat er Mama also angesprochen.

Er war drauf und dran, sie zu einem Date einzuladen. Aber er tat es nicht sofort. Als Mama mit ihren Freundinnen zu ihm an die Kasse kam, um Eintrittskarten und Popcorn zu kaufen, erstarrte Papa. Er lächelte nicht mal. Sie und ihre Freundinnen gingen rein und guckten sich den Film an. Und genau da hat Papa seine berühmte Tat vollbracht.

Er ging in den Saal, im Dunkeln, mitten im Film, und schaffte es irgendwie, sie zu finden. Papa wollte zu ihr. Er kletterte dabei über Sitze, und die Leute meckerten ihn an. Er setzte sich neben sie und fragte sie nach einem Date. Wegen dieser Aktion verlor Papa seinen Wochenend-Job, aber Mama sagte Ja, und von da an waren sie für immer zusammen. Bis ...

Das ist unsere Familien-Geschichte. Mama mag zwar jetzt weg sein, aber wir erzählen die Geschichte noch von Zeit zu Zeit, weil sie lustig ist. Vor allem so, wie Papa sie erzählt – als wäre er der Held in einer romantischen Komödie.

So. Das alles erklärt also, was Papa damit sagen wollte, als er Mamas und seine Geschichte erwähnte.

Papa meinte: „Hast du Cassie wirklich gesagt, dass du sie magst?"

Und ich antwortete: „Ich glaube nicht."

Also beschloss ich am nächsten Tag, es ihr zu sagen.

Es war Freitag – der erste Ferientag.

Um 10 Uhr kam ich bei Cassie an.

Ich klingelte, und sie machte auf. Sie schien überrascht, mich zu sehen.

„Sei mir nicht böse", sagte ich. Aber sie schüttelte den Kopf.

„Was gibt's, Fitz?", fragte Cassie.

„Ich bin hergekommen, um mich zu entschuldigen."

Darauf antwortete sie nicht. Sie sah aus, als ob ... ich weiß nicht ... als ob irgendwas sie beschäftigte.

„Kann ich reinkommen?“, fragte ich und staunte dabei über meinen Mut.

Cassies Antwort war, dass sie die Tür zumachte.

Dann öffnete sie sie wieder, aber nur einen Spalt, und sagte: „Warte mal.“

Dann schloss sie die Tür wieder. Ich stand da, verdattert, und wartete. Ich fragte mich, ob sie mich gerade reinlegte. Dann ging die Tür wieder auf, und sie kam raus, mit ihrem Handy in der Hand.

„Es ist ein schöner Tag, also lass uns spazieren gehen“, sagte sie.

Wir drehten eine Runde durch den Park, um den Hügel herum. Es fühlte sich an, als wäre es schon eine Ewigkeit her, dass wir im Dunklen im Gras gelegen und sich dabei unsere Fingerspitzen berührt hatten, während wir versuchten, das Summen zu hören. Cassie hatte recht – es war ein schöner Tag, hell und warm. Der ganze Sommer lag vor uns, der Lockdown war vorbei. Alles hätte super sein können. War es aber nicht.

„Es tut mir leid“, sagte ich noch mal.

„Du brauchst das nicht immer wieder zu sagen“, erwiderte sie. „Ich habe dir ja nicht gesagt, dass du niemandem davon erzählen sollst.“

„Die Leute können so gemein sein“, sagte ich, und sie sah mich plötzlich an.

Dann sprach Cassie die Worte, die mich jetzt verfolgen. Die Worte, die ich damals nicht so richtig ernst genommen habe.

„Hast du auch manchmal das Gefühl, am liebsten verschwinden zu wollen?“, fragte sie.

„Wie meinst du das?“, wollte ich wissen.

„Halt einfach verschwinden“, sagte sie.

Ich dachte darüber nach.

„Wie denn?“, fragte ich.

„Einfach so weit weg von allen auf dieser dummen Insel zu gehen, wie man eben kommen kann.“

„Also dann, nein“, sagte ich. „Das hat Mama schon gemacht. Ich will Papa nicht allein lassen.“

„Oh Gott, ja“, sagte Cassie. „Tut mir leid.“

Wir schwiegen eine Weile. Und wir gingen und gingen. Durch den Park, an den Häusern vorbei und raus, am Fluss entlang. Dann drehten wir uns um und sahen den Kinnoull-Hügel aufragen.

Cassie fragte: „Willst du hochgehen?“, und ich sagte Ja. Also stiegen wir auf den Hügel. Bei jedem Schritt forderte ich mich innerlich auf: Sag einfach ‚Ich mag dich‘. Das ist nicht so schwer. Es sind nur drei Wörter: ‚Ich mag dich‘. Aber ich tat es nicht. Ich konnte es nicht.

Dann waren wir oben auf dem Hügel, an der Klippe, bei der Bank, von der aus man die Fluss-Biegung, die Felder und die Hügel dahinter überblicken kann. Sie steht ganz nah am Rand. Es gibt ein paar üble Geschichten über diese Klippe, daher mag ich sie nicht. Aber ich wollte nichts dazu sagen, also schlug ich nur vor: „Lass uns zum Aussichts-Punkt gehen.“

Das taten wir. Gar nicht weit weg von der Klippe, hinter ein paar vom Wind gebeugten Bäumen, liegt der eigentliche Gipfel des Hügels. Er nennt sich Gipfel-Ausblick.

Da oben steht eine Holzbank mit einer Sitzfläche aus Stein. Sie bildet einen Halbkreis aus zwei Teilen. Auf dem einen steht „Denkt global" und auf dem anderen „Handelt lokal".

Ich zeigte darauf und fragte Cassie: „Hatten deine Eltern damit etwas zu tun?"

„Ich denke schon", antwortete sie, aber ihr Gesicht blieb ausdruckslos. Jemand anders wäre vielleicht stolz gewesen oder so, aber bei Cassie kam da ... nichts.

Sie ging zu dieser hüfthohen, kleinen Stein-Säule. Obendrauf ist eine runde Blech-Platte, auf der Linien in alle Richtungen zeigen und die Namen der zu sehenden Hügel stehen.

Ich ging zur ihr hin und sah, dass Cassie die Inschrift in der Mitte las.

1948 – Errichtet von Herrn John L. Anderson im Gedenken an die Generosität Lord Dewars, der seiner Geburtsstadt diesen schönen Hügel schenkte.

Cassie sagte: „Was für ein paar echte Blödmänner."

„Was? Wer?", fragte ich.

„Diese Typen, John Anderson und Lord Dewar. Meine Güte. Die Hügel gehören niemandem!"

„Was bedeutet Generosität?", fragte ich. Ich konnte das kaum aussprechen.

„Das bedeutet Großzügigkeit. Soll heißen: Dieser Mistkerl John Anderson hat ein kleines Denkmal geschaffen, um sich bei Lord Dewar dafür zu bedanken, dass er der Stadt den Hügel geschenkt hat."

„Ich nehme an, dann hat ihm das Stück Land gehört oder so", sagte ich.

„Ja, aber was hat er damit vorher gemacht? Er oder seine Vorfahren haben das Land wahrscheinlich

Leuten gestohlen, die hier gelebt haben. Und dann ‚schenkt' er es uns zurück. Wie großzügig! Solche Arroganz macht mich echt wütend."

Ich verstand, was Cassie meinte. Wir hatten in der Schule letztes Jahr Überzeugungen indigener Völker Amerikas durchgenommen. Ich weiß nicht mehr viel davon, aber eins weiß ich noch: Sie glauben, dass niemand das Land besitzt. Du passt nur darauf auf, für die Leute, die nach dir geboren werden. Ich mag diese Vorstellung. Ich war gerade dabei, in meinem Kopf einen Satz darüber zusammenzusetzen, um vor Cassie weniger dumm dazustehen, da sprach sie weiter.

„Warum haben wir das alles kaputt gemacht?", fragte sie.

Cassie ging rüber zu der Bank und ließ sich daraufplumpsen. Ich setzte mich zu ihr.

„Was?", fragte ich.

„Die Welt. Unseren Planeten."

„Weiß ich nicht“, sagte ich. „Also, wir tun doch unser Bestes. Wir recyceln zum Beispiel alles. Zu Hause, meine ich.“

„Papa sagt, darum geht es nicht.“

„Ja?“

„Ja“, antwortete Cassie. „Er sagt, Recyceln ist gut. Aber wirklich nur als Spitze vom Eisberg. Papa meint, die Leute recyceln, damit sie ein gutes Gefühl haben, was die Welt angeht. Und noch mehr geht es ihnen darum, sich für sich selbst gut zu fühlen. So fühlen sie sich weniger schuldig. Aber in echt reichen die Probleme viel tiefer.“

„Ja?“, fragte ich.

„Ja. Mama sagt immer zu Papa, er soll nicht so pessimistisch sein. Kennst du die Wohltätigkeits-Organisation, die sie leiten? Darin sind sie richtig gut. Ich meine, als sie jünger waren, haben sie beide einen Haufen Geld verdient, und dann haben sie diese *unglaublich* gut bezahlten Jobs aufgegeben, um ‚Green Scotland‘ zu gründen. Aber Mama und Papa sind sich über dieses Zeug nicht immer einig.

Mama sagt, du musst mit dem arbeiten, was du hast. Und was du hast, sind Menschen. Menschen, die manchmal die Fakten zum Klimawandel nicht verstehen."

„Wer versteht das nicht?"

„Da wärst du überrascht", sagte Cassie. „Bloß weil wir in der Schule etwas darüber lernen ... Mama sagt, viele Leute sind einfach zu beschäftigt, um über solche Sachen nachzudenken. Oder zu ängstlich. Oder zu arm. Mama fühlt sich schuldig, weil sie und Papa schon eine Million verdient hatten, bevor sie dreißig wurden. Und jetzt können sie es sich *leisten*, solche Jobs zu haben, mit denen sie nichts verdienen – sie können es sich *leisten*, sich Sorgen über den Klimawandel zu machen. Das ist nicht so einfach, wenn du arm bist."

Ich überlegte, ob Cassie damit mich und Papa meinte. Aber richtig wichtig war mir das nicht.

„Was sagt dein Papa?", fragte ich.

„Mein Papa ... Das willst du nicht wissen."

„Erzähl es mir."

Cassie gab einen langen Seufzer von sich. Sie sah so unglücklich aus. Ich wollte meine Arme um sie legen. Nicht wegen der Gefühle, die ich für sie hatte. Ich wollte einfach, dass es ihr gut ging. Ich hatte fast vergessen, dass ich ihr sagen wollte, was ich fühlte. Fühle, meine ich.

„Was sagt dein Papa?", fragte ich noch einmal sanft.

Cassie starrte in die Ferne. Ich weiß noch, wie ich ihr Gesicht von der Seite betrachtete. Ich erinnere mich an jedes kleine Detail.

„Er sagt, mit der Welt ist es schon vorbei."

„Verstehe ich nicht", sagte ich. Ich schaute dahin, wo auch Cassie hinschaute: auf die Hügel in der Entfernung, den Himmel und die Wolken. Die Sonne.

Cassie erklärte: „Die Welt ist schon am Ende. Wir haben es nur noch nicht bemerkt."

Ich schaute wieder hinab auf das Tal und sah den winzigen Autos zu, die über die Straßen ganz weit unten krabbelten wie Insekten.

„Die Welt der *Menschen* meint er“, sagte ich. Cassie nickte.

„Ja. Er sagt, die halbwegs gute Nachricht ist, dass der Planet weitermacht. Es wird immer noch Leben geben. Nur eben kein menschliches Leben.“

„Aber wir sind doch noch hier“, erwiderte ich.

„Wir sind nur Schatten. Wir sind Geister, die noch darauf warten, Geister zu sein. Wir wissen nur noch nicht, dass wir tot sind. Und so weiter.“

„Weil der Klimawandel schon zu weit gegangen ist?“

Cassie nickte.

„Papa sagt, es gibt eine Menge Forschung, die beweist, dass wir jetzt nicht mehr überleben können. Nicht so, wie wir sind. Dort heißt es, es habe einen möglichen Wende-Punkt gegeben: Bis zu dem

Moment hätten wir noch etwas ändern können. Jetzt ist es zu spät – wir haben den Kipp-Punkt überschritten."

„Und wann war das?", fragte ich.

„Daran kann ich mich nicht erinnern. Vor Ewigkeiten. Da waren wir noch nicht geboren."

„Krass", sagte ich. „Wir waren noch nicht auf der Welt? Wie ungerecht!"

Ich schwieg eine Weile und starrte nur auf die Welt unter uns.

Dann fragte ich: „Was sagt deine Mama dazu?"

„Mama sagt, das können wir den Leuten so nicht erzählen. Ich weiß nicht, ob sie es glaubt oder nicht. Aber sie meint, wir können das den Leuten nicht sagen. Denn wenn wir das täten, dann würden sie durchdrehen. Oder gar nichts machen. Oder einfach noch mehr Auto fahren und mit dem Flugzeug fliegen und noch mehr Kühe essen – denn wozu sollten sie dann noch damit aufhören?"

Danach schwiegen wir beide sehr lang. Es war ein warmer Morgen. Es wehte nicht einmal ein leichter Windhauch. So schön hatte ich meine Heimat-Stadt noch nie gesehen, dachte ich – aber ich fühlte es nicht. Ich fühlte nur Schmerz. Und nicht mal meinen, sondern Cassies.

Nach einer Weile schaute ich sie von der Seite an. Und als ich das tat, spürte ich, wie sich etwas in mein Herz schlich.

„Du kannst es gerade hören, oder? Das Summen?"

„Ja", antwortete sie. „Du nicht?"

Ich schüttelte den Kopf, und sie guckte so, als könnte sie gleich weinen.

„Aber es ist genau jetzt so laut", sagte Cassie. „Wie kannst du das denn nicht hören?"

Ich zuckte mit den Schultern.

„Hier", sagte sie und holte ihr Handy raus. „Ich habe diese Internet-Seite darüber gefunden."

Dann merkte sie, dass sie hier oben auf dem Hügel keinen Empfang hatte, und steckte ihr Handy wieder weg.

„Ich schick dir den Link zu der Seite später", sagte Cassie. „Guck sie dir an. Ich bin nicht die einzige Spinnerin."

Wir gingen vom Hügel runter. Es war schon spät, und wir hatten beide Hunger. Wir hatten sehr lange da gesessen und geredet. Aber ich hatte immer noch nicht gesagt, was ich ihr eigentlich sagen wollte.

Wir gingen wieder zurück zu Cassie, über die Straße kamen wir auf ihre Haustür zu. Das Haus ihrer Eltern ist riesig. Eine Auffahrt führt zur Garage, in der genug Platz für vier große Autos ist, obwohl sie nur einen kleinen Elektro-VW haben.

Am Tor zum Vorgarten blieb Cassie stehen. Sie schien wieder nach etwas zu lauschen.

„Willst du mich einladen, mit reinzukommen?", fragte ich.

Dann dachte ich, ich würde auch etwas hören: eine Stimme, einen Schrei.

Ich war unsicher, aber Cassie rannte zur Tür und ließ mich am Tor stehen.

Sie sagte noch: „Lass uns irgendwann wieder proben, bald“. Und dann öffnete sie ihre Haustür.

Als sie das tat, kam von drinnen Geschrei. Zwei schreiende Stimmen – nein, sie kreischten sich an. Die Tür ging zu. Cassie verschwand dahinter, und dann hörte ich etwas zerbrechen.

Einen Moment lang starrte ich noch die Tür an. Dann rannte ich nach Hause wie ein kleines Kind.

In der Nacht machte mein Handy wieder „pling“, als ich im Bett lag.

Cassie.

Ich hatte es nicht gewagt, ihr eine Nachricht zu schicken. Ich hatte keine Ahnung, was ich schreiben sollte. Und ganz ehrlich: Ich hatte keine Ahnung, was abging.

Ihre Nachricht lautete: **Das hier ist die Internet-Seite. Und jetzt sag mir, dass ich nicht verrückt bin.**

Also blieb ich die halbe Nacht auf und las mir die Seite durch. Und daher kommen jetzt meine Sorgen.

Ich habe nämlich gerade noch einmal dort nachgeschaut, und da ist etwas, das ich vorher übersehen hatte.

Kapitel 5

DIE SCHUMANN-RESONANZ

Es war eine seltsame Internet-Seite. Sie sah nicht aus wie die meisten Internet-Seiten mit ihren schicken Bildern, netten Schriften und so. Diese sah älter aus. Als wäre sie gemacht worden, als das Internet noch jung war – einfach nur eine Menge eng geschriebener Text, überall Links und überhaupt kein Design.

Zuerst war es verwirrend. Aber nach einer Weile habe ich einige Theorien über „das Summen" gefunden – so wurde es dort genannt. Ich weiß gar nicht mal genau, was ich vorher darüber gedacht habe, also, was ich glaubte, was Cassie meint. Aber beim Lesen begann ich, mehr zu verstehen.

Als Erstes fand ich das hier: Bis zu ein Prozent der Menschen behaupten, es hören zu können.

Ein Prozent der Welt sind viele Leute. Daher fragte ich mich, warum ich vorher noch nie davon gehört hatte. Aber auf der Internet-Seite hieß es, dass viele Menschen gar nicht merken, was sie hören, bis es ihnen eines Tages auffällt. Also haben sie vielleicht gedacht, sie würden nur den Kühlschrank unten in der Küche brummen hören – bis eines Nachts ein Stromausfall kommt und sie es immer noch hören. Außerdem stand da, dass man wohl deshalb nicht viel davon erfährt, weil die Leute Angst haben, darüber zu reden. Sie fürchten, für verrückt gehalten zu werden. Und es stimmte, das hatte ich ja bei Cassie schon miterlebt.

Dann klickte ich auf einen kleinen, blau unterstrichenen Link, auf dem „Karte“ stand. Dadurch öffnete sich eine Weltkarte. Sie war voller roter Punkte. Die Punkte knubbelten sich an einigen Stellen, aber sie waren auch weit verteilt. Es gab welche auf jedem Kontinent und in jedem Land.

Du konntest reinzoomen. Und als ich das tat, explodierten die roten Punkte in noch mehr rote Punkte. Ich zoomte zuerst Großbritannien groß und dann Schottland. Die roten Punkte wurden immer mehr. Dann fing ich an, auf einzelne Punkte zu klicken. Dadurch erschienen Kästen mit kleinen Texten über das Geräusch. Die hatte immer jemand, der an dem Ort lebte, eingetragen.

„Es ist eine Art tiefes Geräusch. Das klingt wie ein Lkw-Motor in der Entfernung, aber es bleibt immer gleich laut."

„Ich bemerke dieses grollende, summende Geräusch. Es ist aber so tief, dass ich es kaum hören kann. Es treibt mich in den Wahnsinn."

„Das müssen die Russen sein. Die haben doch diese geheimen Militär-Basen, die Funkwellen aussenden. NIEMAND WEIß, WIESO."

„Es klingt wie ein Düsenjet, aber weit weg und ohne Pause. Trotzdem wird es lauter und leiser. Warum, weiß ich nicht."

„Es ist wie ein Auto-Motor im Leerlauf. Aber hier sind keine Autos – ich lebe in einem Haus mitten im Wald."

Mit solchen Meldungen ging es ewig weiter. Manche Leute berichteten nur, was sie gehört hatten.

Andere schrieben ihre Vermutungen hin, was es sein könnte. Und ein paar ihrer Erklärungen waren wild und verrückt.

„Es ist Unterwasser-Kriegsführung."

„Das wird von Walen gemacht, und wir hören es durch die Felsen."

„Manchmal sind da Lichter im Himmel. Das sind sie. Die Alien-Menschen."

„Der Planet ist wütend. Er will uns loswerden."

Es wurde spät, und ich wurde müde. Ich wusste immer noch nicht, was ich aus den ganzen Angaben auf der Internet-Seite machen sollte. Dann sah ich einen seltsamen Link: das blau unterstrichene Wort „Schumann-Resonanz".

Ich dachte, das könnte etwas mit Musik zu tun haben. Im Musik-Unterricht hatten wir den deutschen Komponisten Robert Schumann durchgenommen. Aber als ich auf den Link klickte, stellte sich heraus, dass es um einen anderen Schumann ging.

Dieser Schumann war Physiker. Er erforschte die Erde und kam zu der Vermutung, dass es niederfrequente Vibrationen im Raum zwischen der Erd-Oberfläche und der Atmosphäre gibt. Schumann sagte, es müsse sie wegen Blitzen und anderen „elektrischen Entladungen“ in der Atmosphäre geben.

Ich fragte mich, was das bedeutete – ich dachte, Blitze seien die einzige Art elektrischer Dinge in der Atmosphäre. Schumann berechnete sogar mathematisch, dass die tiefste Frequenz der Vibration bei 7,83 Hertz liegen müsste. Er errechnete es schon Jahrzehnte, bevor man das mit wissenschaftlichen Geräten einfach messen konnte. Aber Jahre später zeigte sich, dass Schumann recht gehabt hatte.

Jedenfalls sagten manche Leute, dass das dieses Summen sei – die Vibration der Erd-Atmosphäre. Aber dann fiel mir wieder ein, was Cassie dachte: dass das Geräusch von der Erde kam, dass das die Erde selbst war. Also überlegte ich, ob das falsch war. Oder ob sie sich irrte. Oder ob beides irgendwie stimmte.

Ich las noch etwas mehr über die Gründe für die Schumann-Resonanz – über Blitze und darüber, dass Blitze nicht die einzige elektrische Sache in der Atmosphäre sind. Ich las, dass es da noch mehr gibt – Dinge mit seltsamen Namen. Kobolde, Elfen, Geister, Trolle, Feen und andere Namen. Niemand weiß so richtig, was sie sind. Kobolde sind rote Licht-Blitze, die über Sturm-Systemen auftauchen. Und Geister sind ein blassgrünes Leuchten, das auf die Kobolde folgt. Das war alles ganz komisch und verwirrend. Ich klappte meinen Laptop zu und ging schlafen.

*

Aber jetzt habe ich mir diese Internet-Seite noch mal angesehen. Warum, weiß ich nicht. Ich will einfach nur genauer verstehen, was Cassie im Kopf hatte.

Also habe ich mir die Seite noch mal angeguckt und einen Link entdeckt, den ich vorher nicht gesehen hatte. Da stand: „Regionale Ermittlungs-Gruppen". Als ich das anklickte, sah ich eine ganze Liste. Aber mein Blick wurde sofort von einer Gruppe angezogen, die „Schottisches Treffen" hieß.

Ich klickte drauf und gelangte auf eine weiße Seite mit einem Video zum Abspielen. Ich wollte es sofort abspielen, aber dann fragte ich mich, wie es sich anhören könnte. Papa schlief nebenan und schnarchte. Ich schnappte mir lieber doch den Kopfhörer und drückte dann erst auf Start.

Das Video war kurz, nur ein paar Minuten. Da standen ein paar Leute im Wald. Es sah nach Abenddämmerung aus – die Bäume waren nur dunkle Schatten vor dem Himmel und die Leute noch schwerer zu erkennen. Bloß dunkle menschliche Formen in einem dunklen Wald. Und dann war da dieses komische Brummen, Summen, Heulen – die ganze Zeit, während die Kamera in die eine oder die andere Richtung schwenkte.

Ich spielte es noch einmal ab. Und noch einmal.

Das Video war ... verstörend. Und ich fragte mich, ob Cassie genau das da gehört hatte. Wenn ja, dann war es kein Wunder, dass sie sich seltsam verhielt.

Unter dem Video stand: „Geräusch digital verstärkt, um das Summen deutlich zu machen –

auch für die, die es nicht hören können.“ Ich hatte keine Ahnung, was das heißen sollte.

Und dann stand da noch:

Schottisches Treffen. Dieses Video wurde auf unserem letzten Ausflug aufgenommen. Nächster Ausflug: Samstag, 9. Juli. Der Treffpunkt ist vertraulich, aber wenn jemand kommen und teilnehmen möchte: für Genaueres bitte dem Webmaster mailen.

Hat Cassie dem Webmaster geschrieben?

Ich weiß es nicht, aber ich muss der Polizei davon erzählen.

Und etwas anderes muss ich auch noch tun.

Ich klicke das Wort „Webmaster“ an, und mein E-Mail-Programm geht auf.

Ich beginne zu schreiben.

Kapitel 6

ELFEN

Samstag, 9. Juli, 10 Uhr

Es ist Samstagmorgen, knapp zwei Tage, nachdem Cassie verschwunden ist. Irgendwo weit über der Erd-Oberfläche lebt plötzlich ein blass leuchtendes Licht auf – für eine Millisekunde. Danach verschwindet es wieder.

Es gibt Neuigkeiten. Aber ich habe etwas Dummes getan. Ich war die ganze Nacht wach und habe mich gefragt, wann ich bei der Polizei anrufen könnte. Als Papa aufwachte und ich ihm davon erzählte, war er sauer. Also, ich merkte, dass er sauer war. Aber er hielt sich zurück. Er sagte nur: „Das hättest du mir sofort sagen sollen, Fitz.“ Und dann sollte ich ihm alles noch mal erklären. Danach wählte er die Telefonnummer, die die Polizistin uns dagelassen hatte.

Ich kam mir so blöd vor. Als Papa das sagte, war mir klar, dass ich es ihm besser sofort erzählt hätte. Warum denke ich immer zu spät an alles? Das hasse ich an mir. Aber ich stellte mich neben Papa, während er mit jemandem sprach und dann wartete, bis Mary an den Apparat kam. Papa ging alles mit ihr durch. Danach hörte er zu.

„Genau", sagte Papa. Er nannte Mary den Namen der Internet-Seite.

„Ja", sagte er. Ich zupfte ihn am Ärmel wie ein kleines Kind. Papa hob die Hand, damit ich still war. Dann sagte er: „Verstehe. Oh."

Danach drehte er sich zu mir um und hielt mit der Hand das Telefon zu.

Er flüsterte: „Mach mal den Fernseher an."

„Papa?", fragte ich.

„Mach den Fernseher an!"

Papa wandte sich wieder dem Telefon zu. „Ja, ja. Okay. Dann hoffe ich, es hilft. Tschüss." Er legte auf.

„Was suche ich denn, Papa?“, fragte ich. Mit der Fernbedienung in der Hand zappte ich von einem Sender zum nächsten.

„Lokal-Nachrichten.“

„Aber ...“, setzte ich an.

„Da! Guck mal, das ist es!“

Mein Daumen war kurz davor, mit der Fernbedienung auf das nächste Programm zu schalten. Aber dann sah ich, was Papa meinte. Rechts oben im Bild lief während der Lokal-Nachrichten Material von einer Video-Überwachung. Der Schwarz-Weiß-Film zeigte ein Mädchen, das ein Fahrrad in einen Zug schob. Ich wusste sofort, dass das der Bahnhof in der Stadt war. Und ich wusste auch, dass es Cassie war. Ihr blondiertes Haar konnte ich nicht verwechseln. Durch die Videokamera war es auf dem Bildschirm leuchtend verwischt.

Im Fernseh-Studio redete ein Mann. Am unteren Bildrand lief Text durch. Beide sagten ungefähr dasselbe.

„Ein 15-jähriges Mädchen aus unserer Gegend wird vermisst. Cassandra Cotton, Cassie genannt, wurde zuletzt auf diesem Video aus einer Überwachungs-Kamera gesehen. Es zeigt, wie sie gestern Morgen in einen Zug nach Glasgow stieg."

Das Überwachungs-Video läuft in Dauerschleife. Es ist nur ein paar Sekunden lang. Cassie schiebt ihr Fahrrad durch die offene Tür in den Zug.

Außer ihr ist niemand zu sehen.

Die meisten Leute benutzen immer noch keine öffentlichen Verkehrsmittel, obwohl der Lockdown vorbei ist. Papa sagt, das ist wie bei der Geschichte mit den Elefanten-Babys. Wenn Menschen sie später als Reit-Tiere für Touristen einsetzen wollen, binden sie ein Bein des Elefanten-Babys an einen kleinen Pfahl. Und weil der Elefant noch klein ist, kann er den Pfahl nicht ausreißen und wegrennen, wie er es gern würde. Er versucht es ein oder zwei Mal, aber er ist nicht stark genug. Der Elefant gewöhnt sich daran, nicht weglaufen zu können. Er versucht es selbst dann nicht mehr, wenn er erwachsen und richtig groß geworden ist. Als erwachsener Elefant könnte er eigentlich ganz leicht den Pfahl aus dem

Boden reißen. Aber er kommt gar nicht darauf, dass er das könnte. Also bleibt er für immer gefangen, sodass diese blöden Touristen auf ihm reiten können. Papa sagt, so sind wir alle geworden. Der Lockdown hat für uns bedeutet, so lange eingesperrt zu sein, dass wir das Bedürfnis verloren haben, rauszugehen.

„Und da ist noch etwas“, sagte Papa.

„Was?“, fragte ich. Aber ich starrte weiter darauf, wie Cassie in den Zug stieg. Immer wieder.

„Die Polizei hat mehr Neuigkeiten. Sie hat sie nur den Leuten vom Fernsehen noch nicht erzählt.“

„Was denn?“

„Sie haben Cassies Fahrrad gefunden“, sagte Papa.

„Wo?“, fragte ich.

„Im Zug. Es ist die ganze Zeit auf der Strecke hin- und hergefahren, seit Cassie gestern um 10.43 Uhr eingestiegen ist.“

„Was?“

„Wie ich es gerade schon sagte: hin und her, immer wieder."

„Aber ...", setzte ich an.

„Von Cassie gibt es keine Spur. Tut mir leid, Fitz."

Das ergab alles keinen Sinn. Warum sollte sie ihr Fahrrad in den Zug schleppen und es beim Aussteigen darin stehen lassen? Ich starrte den Fernseher an, in dem jetzt eine andere Nachricht lief.

Papa sagte: „Mary hat mir eben noch etwas erzählt." Und etwas in seiner Stimme verriet mir, dass es nichts Gutes war.

„Was denn, Papa?"

„Sie haben Cassies Handy gefunden. Es lag im Müll, im Zug. Sie hatten zwei Mal danach gesucht, aber anscheinend hat erst gestern spät in der Nacht jemand daran gedacht, die Mülleimer im Zug zu leeren."

„Warum sollte sie denn ihr Handy wegwerfen?", fragte ich.

Papa schüttelte den Kopf und sagte: „Das wissen sie nicht. Sie hat den Akku und die SIM-Karte rausgenommen. Sonst hätten sie es wohl aufspüren können." Er stockte und wartete einen Moment ab, damit das sacken konnte. Dann bewegte er sich wieder.

Er sagte: „So, ich mache mal den Wasserkocher an. Möchtest du etwas?"

Ich schüttelte den Kopf.

Papa ging in die Küche, und ich hörte ihn Krach machen. Gerade konnte ich nur an Cassie denken. Ich starrte noch den Fernseher an, sah da aber eigentlich nichts. Ich holte mein Handy raus. Seit ich am Vorabend dem Webmaster geschrieben hatte, hatte ich alle fünf Minuten meine Mails gecheckt. Jedes Mal, wenn ich sie checkte, war da nichts. Ich bekomme eh kaum Mails, aber ich hatte gehofft, von der Internet-Seite über das Geräusch eine Antwort zu bekommen. Allerdings hatte ich das Schreiben so lange aufgeschoben – bis zum Tag vor der Veranstaltung. Vielleicht würden sie sich einfach nicht darum kümmern.

Ich öffnete meine E-Mail-App, und es war immer noch nichts da. Ein ganz leerer Posteingang wie immer. Ich wollte das Handy gerade wieder weglegen, da sah ich eine kleine 1 beim Spam-Ordner. Mein Herz schlug kurz schneller, und ich klickte den Ordner an. Die Mail kam vom Webmaster – das sah ich sofort.

Ich klickte sie an und las:

Wir treffen uns am Hauptbahnhof von Glasgow, unter der Uhr, um 12 Uhr, am Samstag. Du wirst uns erkennen.

Glasgow. Das Wort auf dem Display sprang mir ins Auge. Cassie war gestern Morgen im Zug nach Glasgow gewesen. Seitdem war sie nicht mehr gesehen worden.

Ich schaute auf meinem Handy nach, wie spät es war: schon 9.10 Uhr.

„Papa!“, schrie ich.

Kapitel 7

GNOME

Wenigstens tat ich beim zweiten Mal das Richtige. Ich erzählte Papa, was ich gemacht hatte. Er rief wieder bei der Polizei an. Er wies sie auf das Treffen der Leute hin, die dem Geräusch nachgingen. Die bei der Polizei antworteten, sie würden sich mit ihren Kollegen in Glasgow in Verbindung setzen und ... das war es schon.

„Schau mal, Fitz“, sagte Papa. „Du hast alles getan, was du konntest. Und das hast du gut gemacht. Wenn Cassie diese Leute treffen wollte, muss sie ihnen gemailt haben. Die Polizei hat ja ihr Handy, also kann sie so etwas nachschauen. Sie werden sie schon finden. Aber du musst verstehen, dass die Polizei uns auch nicht alle fünf Minuten anrufen kann, um uns auf dem Laufenden zu halten.“

Ich wusste, dass er recht hatte. Aber es fühlte sich nicht richtig an, irgendetwas anderes zu tun, als an Cassie zu denken und sich Sorgen um sie zu machen.

Papa fragte: „Willst du nicht vielleicht eine Runde spazieren gehen? Oder dich mit den Jungs aus der Band treffen?"

„Nein", antwortete ich ein wenig zu schroff. Papa merkte das.

„Ist was?"

„Nein, nichts. Nichts Ernstes. Egal, ich kann ja mal spazieren gehen."

„Gute Idee. Wenn ich etwas höre, rufe ich dich sofort an. Verstanden?"

„Danke, Papa", sagte ich. Ich schnappte mir eine Jacke und ging zur Küchentür hinten raus in den Park.

Ich wusste, wohin ich ging. Und genau da bin ich jetzt …

... auf der Bank am Gipfel-Ausblick. Ich sitze auf der Hälfte der Halbkreis-Bank, auf der ich mit Cassie allein gesessen habe. Hier haben wir über das Ende der Welt gesprochen. Vor erst acht Tagen. Ich blicke ins Tal und über den Fluss bis zu den Hügeln und denke über alles nach, was in diesen acht Tagen passiert ist. Ich denke an kurze Licht-Spitzen, die von der Oberseite von Gewittern aufwärts schießen.

Ich denke an unsere letzte Probe am Mittwochabend.

*

Es hatte ein bisschen Zirkus darum gegeben, schon bevor die Probe losging. Wir vier hatten uns montags in „Lyalls Café“ in der Stadt getroffen. Es fühlte sich so komisch an. Zum ersten Mal seit Monaten war ich wieder in einem Café oder etwas dieser Art. Es war wie eine ganz neue Erfahrung – dabei war es früher einmal so normal gewesen, dass man darüber gar nicht nachdachte. Wir saßen da einfach, und mir fielen Sachen auf. Ich saß da und saß da und bemerkte einfach Dinge. Klingt blöd, oder? Mir fiel zum Beispiel auf, wie laut die Kaffeemaschine war. Sie war so ohrenbetäubend laut, dass es wahrscheinlich verboten war. Und wie viele Leute sich nicht besonders viel in die Augen schauten, wenn sie sich unterhielten. Die meiste Zeit schauten sie woandershin. Mir fiel auf, wie die Buchstaben von „Lyalls" am Fenster von hinten aussahen, wenn man im Café saß, und wie das Plastik des „y" sich vom Glas löste.

Zum ungefähr vierten Mal fragte Francis: „Aber warum denn nicht?"

Da die Schule im Sommer zu war, brauchten wir einen Probe-Raum. Und Francis hatte beschlossen, dass wir bei Cassie proben könnten. Wir wussten alle, dass ihr Haus riesig ist. Die haben sogar einen Kino-Raum und ein sogenanntes „Musik-Zimmer", obwohl die einzige, die darin je Musik macht, Cassie ist – wenn sie mit Kopfhörern auf ihrer Gitarre vor sich hin spielt.

„Ich habe Nein gesagt", sagte Cassie. Sie wandte ihren Kopf zur Seite, um hinaus auf die Hauptstraße zu schauen.

Francis erwiderte: „Ich weiß, dass du Nein gesagt hast. Ich stelle dir gerade eine andere Frage. Ich will wissen, warum nicht …“

„Lass es, Francis“, sagte ich.

Aber er hörte nicht auf. So ist er manchmal. Er muss seinen Willen durchsetzen.

Cassie antwortete nicht.

Francis redete weiter: „Du hast doch so viel Platz. In dem Haus wohnen nur du und deine Eltern. Du brauchst sie nur zu fragen.“

„Lass es“, sagte ich wieder.

George sagte nichts. Er starrte auf den Tisch und fuhr mit dem Finger durch verschütteten Zucker.

„Georges Haus ist winzig und meins sogar noch kleiner“, sagte Francis. Das hatte er schon ungefähr acht Mal gesagt. „Und bei Fitz …“

„Wir können bei mir proben", sagte ich. Noch bevor irgendjemand sonst etwas sagen konnte, redete ich weiter: „Ich habe Papa gestern noch spät gefragt."

Das war glatt gelogen. Ich wusste, dass ich ihn irgendwie überreden musste. Papa lässt mich zwar in der Garage trommeln, bis die Nachbarn sauer werden. Aber mit dem Rest der Band noch dazu ...

„Papa meinte, er könnte das Auto an die Straße stellen, während wir spielen", erzählte ich ihnen. „Dann haben wir das also geregelt. Können wir jetzt über etwas anderes reden?"

Das taten wir für ungefähr fünf Minuten. Dann sagte Cassie, sie würde jetzt gehen, und wir würden uns dann am Mittwoch bei mir zur Probe sehen.

Als der Mittwoch kam, war ich aufgeregt. Cassie hatte gesagt, sie wolle, dass wir ihre neuen Sachen spielten. Ihren neuen Sound. Außerdem war ich nervös wegen der Spannungen, die wir im Café gehabt hatten. Aber ich hatte es geschafft: Papa hatte der Probe zugestimmt. Er meinte, wir könnten zwei Stunden haben. Danach würde er es wohl nicht mehr schaffen, einen fetten Aufstand aufzuhalten, der ganz sicher von der kleinen Frau Tiller von nebenan angeführt würde. Sie ist unheimlich.

Papa hatte das Auto nach draußen gestellt, und ich saß schon an meinem Schlagzeug. Das Garagentor war zur Straße hin offen. Ich spielte nicht wirklich, sondern klopfte nur sanft unsere Rhythmen. Ich wartete auf die anderen. Ich hoffte, Cassie würde die Erste sein.

Das war sie nicht.

Francis und George kamen zusammen.

Georges Vater setzte sie ab, und sie schleppten Georges riesigen Verstärker rein. Er hat getrennte Kanäle, also wollte Francis sein Gesangs-Mikrofon daran genauso anschließen wie George den Bass. Sie fingen an, alles einzurichten, und dann ... war Cassie zu spät. Sie tauchte erst nach einer halben Stunde auf, zu Fuß. Sie hatte nur ihre Gitarre in einer weichen Tasche auf dem Rücken und einen Beutel mit ihren Effekt-Pedalen dabei. Wie gewöhnlich trug sie ihren Kopfhörer.

George fragte: „Wo ist dein Verstärker?“

„Ebenfalls hallo“, sagte Cassie und nahm ihren Kopfhörer von den Ohren.

Ich winkte.

Sie wirkte aufgeregt. Es schien sie aber nicht zu nerven, dass sie zu Fuß gehen musste oder dass George sie unfreundlich begrüßt hatte.

„Papa wollte mich bringen“, sagte sie, während sie die Gitarre aus der Tasche zog und die Pedale einrichtete. „Aber dann konnte er nicht ...“

Francis erwiderte: „Aber wie willst du denn dann ... Ich meine, was hast du ...“

Cassie unterbrach ihn. „Georges Verstärker hat doch sechs Kanäle, oder? Dann spielen wir einfach alle dadurch. Er kommt damit klar.“

„Das wird furchtbar klingen“, entgegnete Francis.

„Wir haben keine Wahl. Und außerdem wird sich das super anhören. Stellt euch schon mal darauf ein, dass das eure Ohren erweitert …“

Cassie verhielt sich ein bisschen komisch. Ich meine, noch ein bisschen komischer als sonst. Aber sie wirkte auch aufgeregt, wie ich schon sagte. Als wir gerade loslegen wollten, sagte sie: „Also, dann probieren wir jetzt das neue Zeug, okay?“

„Klar“, sagte ich.

George nickte. Francis sagte gar nichts, aber das störte niemanden.

Cassie sagte: „Gut. Dann gib mir bitte mal kurz deinen Bass, George.“

„Was?“, fragte George.

„Gib. Mir. Deinen. Bass“, sagte Cassie. Sie lächelte fast, als ob sie kurz davor wäre, einen Witz zu erzählen.

„Warum?“

„Um ihn zu stimmen", erklärte sie.

„Er ist gestimmt", erwiderte George.

„Nein, ist er nicht."

„Doch, *ist* er", sagte George, der langsam sauer wurde.

„Er ist nach Standard gestimmt", sagte Cassie. „Er ist nicht nach *meiner* Art gestimmt."

„Wonach?", fragte George.

Da schnauzte Francis ihn an: „George, gib ihr deine verdammte Gitarre."

Er tat es.

Cassie nahm sie, und dann machte sie etwas ganz Komisches. Sie fing an, sie neu zu stimmen. Sie stimmte die oberen drei Saiten tiefer, aber alle unterschiedlich weit. Wir sahen ihr sprachlos dabei zu.

„George, schau mal, du brauchst nur zwei neue Grundformen für das, was wir gleich machen", erklärte Cassie ihm.

„Formen?", fragte George. „Meinst du Akkorde? Soll ich auf dem Bass Akkorde spielen?"

„Hm-hmm", sagte Cassie.

„Das wird sich ätzend anhören."

„Das liegt daran, dass Gitarren nicht richtig gestimmt sind", sagte sie. Sie sprach ganz ruhig, als ob sie etwas ganz Offensichtliches erklärte.

„Was?", fragte George. „Alle Gitarren auf der Welt sind nicht richtig gestimmt?"

„Mm-hmm", antwortete Cassie. „Gitarren sind so gestimmt, dass du alles Mögliche darauf spielen kannst, in allen möglichen Tonarten. Aber die Gitarre mag das eigentlich nicht. Es ist so, als würde sie in dieses eine Set von Spannungen versetzt, nur um sie flexibel zu machen. Aber sie ist damit nicht glücklich. Alle Saiten sind unglücklich miteinander –

sie schreien nach jemandem, der sie so sein lässt, wie sie wirklich sein wollen. Verstehst du?“

George schüttelte den Kopf und starrte vor sich hin.

Also zeigte Cassie ihm diese zwei Finger-Grundhaltungen. Sie spielte sie nicht wirklich – sie sorgte nur dafür, dass George die Formen wirklich verstand. Dann gab sie ihm die Gitarre zurück.

Cassie hängte sich ihre Gitarre um den Hals. Sie stöpselte sie an Georges Verstärker. Es gab das übliche laute, kurze elektronische Plopp und Klick, als sie den Stecker in die Buchse drückte. Ich liebe dieses Geräusch. Es bedeutet, dass gleich Musik entsteht. Laute Musik.

Ich fragte: „Was ist mit deiner Gitarre?“

„Die ist schon fertig“, antwortete Cassie. „Aber sie ist anders gestimmt als die von George …“

„Anders? Wie soll denn dann irgend…“, setzte George an, aber Cassie hob die Hand.

„Bereit? Gut. George, du wechselst zwischen den Formen, wenn ich nicke. Versuch ein gleichmäßiges Anschlagen, auf und ab, wirklich locker."

George versuchte es.

Von einer Bass-Gitarre hatte ich noch nie solche Töne gehört. Es war einfach unbeschreiblich. Ein tiefes, grollendes, hallendes Brüllen kam aus dem Verstärker.

George starrte seine Gitarre an, dann den Verstärker, dann Cassie. Aber er spielte weiter.

Und dann fing sie auch zu spielen an.

Der Sound wurde nicht nur doppelt so laut, sondern sogar drei Mal lauter. Mehr noch. Er wurde *weiter* und *seltsamer*. So einen Sound hatte ich noch nie gehört, ein lang anhaltendes Brüllen wie ein zu Musik gewordener Wasserfall. Du siehst schon, ich kann das nicht beschreiben. Man kann Musik nicht beschreiben. Du musst sie einfach hören.

Diese Musik fühlte sich nach etwas an, das man noch nie gehört hatte. Wenn es überhaupt noch Musik *war* – da war ich nämlich nicht mehr sicher. Zugleich fühlte es sich wie etwas aus der entferntesten Vergangenheit an. Etwas, das man jetzt erst hören konnte, obwohl es von Anfang an da gewesen war. Ich weiß, dass sich das verrückt anhört, aber diesen Gedanken hatte ich im Kopf.

Cassie hatte den Kopf gesenkt. Aber dann schaute sie wieder hoch und lächelte mich an.

Es war zu laut, um überhaupt zu versuchen, etwas zu sagen.

Ich runzelte die Stirn und deutete auf mein Schlagzeug.

Sie verstand meine Frage. Aber sie lächelte nur und hob die Augenbrauen, als wollte sie sagen: „Mach einfach mit."

Und das tat ich. Ich fing mit einem Trommelwirbel auf dem Standtom an – hart, schnell, vibrierend. Dann begann ich, verrückte Off-Beats einzuwerfen. Ich versuchte, locker zu sein, wie Cassie und George es waren. Ich begann, den Trommelwirbel über andere Trommeln zu bewegen, vor allem auf die Toms.

Ein paar Mal schlug ich auch frisch und kräftig auf die Kleine Trommel. Irgendwo zwischen der Erd-Oberfläche und der Ionosphäre schossen Licht-Spitzen aus ambossförmigen Gewitterwolken nach oben.

Ich konzentrierte mich richtig stark und versuchte, einfach mitzumachen. Als ich das nächste Mal aufschaute, sah ich, wie Cassie mir zunickte. Mit ihrem Mund formte sie stumm ein „Yes!“.

Ich sah, wie George mich anschaute und dann zu Cassie blickte. Sie sahen sich an und dann wieder mich. Und dann fingen wir an zu lachen.

Warum?

Das ist schwer zu erklären.

Wir lachten wegen des Sounds. Wir lachten darüber, wie lächerlich das war. Wir lachten darüber, wie anders es war – wie neu, wie frei. Wir lachten aus reiner Freude. Nicht mehr und nicht weniger. Es war einfach solche Freude, wie sie aus einem hervorsprudelt und sich in die Energie des Universums ergießt.

Ich wollte aufhören, aber Cassie sah das und schüttelte den Kopf. Sie trat jetzt ans Mikrofon. Und dann sang sie.

Wir hatten sie noch nie singen gehört. Und ich hatte nicht für möglich gehalten, dass man auf irgendeine Art etwas singen konnte, das zu dieser verrückten Musik passte, die wir machten. Aber Cassie hatte etwas gefunden.

Ihre Stimme war hoch, geisterhaft. Irgendwann fiel mir auf, dass es schwer war, den Text zu verstehen oder überhaupt herauszuhören, ob sie auf Englisch sang.

Cassies Stimme glitt aus allerhöchster Höhe herab. Und weil ihr weißes Haar in dem grellen Garagen-Neonlicht leuchtete, schoss mir plötzlich durch den Kopf, dass sie ein Engel war.

Dann war es vorbei.

Kurz war alles still, sodass man nichts außer dem Ende der Musik hören konnte, die sich über den Horizont der Erde verzog – und dem tiefen Brummen des Verstärkers.

George fragte: „Was zur Hölle war das denn?“ Aber er lachte, starrte immer noch seine Gitarre an und schüttelte den Kopf. „Hast du noch mehr davon?“

Cassie nickte.

„Ich find’s mega!“, sagte ich. „Mein Gott, Cassie, das ist ...“

Ich wusste nicht, was ich sagen sollte.

Francis aber schon.

„Es ist furchtbar“, sagte er. „Das kann nicht euer Ernst sein.“

„Hey“, bremste ich ihn. „Sei nicht unhöflich.“

„Ist schon in Ordnung“, sagte Cassie. „Manche Leute werden eine Weile brauchen, um sich daran zu gewöhnen.“

Francis gehörte eindeutig zu diesen Leuten. Er stand da mit verschränkten Armen und bitterbösem Gesicht.

„Was soll ich machen?“, fragte er. „Ein Tamburin schlagen?“

Cassie antwortete: „Ich will nicht singen. Du bist der Sänger. Also singst du.“

„Das war Singen?“, fragte er.

„Hey, sei nicht …“, setzte ich an. Aber Cassie war es egal.

„Probier es einfach“, sagte sie. „Bitte!?“

Francis sah eine Weile nachdenklich aus. Dann seufzte er.

„Okay“, sagte er. „Aber …“

Cassie erklärte: „Ich habe den Text nicht aufgeschrieben. Du kannst einfach improvisieren. Alles, was du willst. Mach einfach mit. Ich wusste noch nicht genau, wie ich singen würde, bevor ich angefangen habe.“

Also spielten wir das Stück noch mal, und jetzt sang Francis. Es war chaotisch, aber er versuchte es.

Er gab sich wirklich Mühe. Es war nicht ganz schlecht, aber es war auch nicht Cassie.

Als es vorbei war, schwiegen alle. Ich bin nicht sicher, warum. Dieses Mal lachte niemand. Wir waren ... vielleicht durcheinander. Oder vielleicht war es etwas anderes, so etwas wie Erstaunen. Solche Musik hatten wir noch nie gehört. Wenn es überhaupt Musik war. Ich war nicht sicher, ob irgendjemand schon jemals solche Musik gehört hatte. Sie fühlte sich an wie eine Art Kraft. Eine Geheim-Kraft. Und Cassie kannte das Geheimnis.

Nach einem Moment dieser Stille sprach ich sie an: „Hey, Cassie. Dieser Song. Ist das ein Song? Hat der einen Namen?“

„Ich schätze schon, dass das ein Song ist“, antwortete sie. „Und ja, er hat einen Namen: Wut.“

Später machten wir eine Pause.

Cassie sagte, sie müsse aufs Klo. Ich erklärte ihr, dass sie ins Haus gehen könne und Papa ihr zeigen würde, wo es war.

Als sie weg war, sah ich Francis an. Ich merkte ihm an, dass er nicht glücklich war. Er sah aus, als würde er sich blöd fühlen, von uns ausgeschlossen. Also versuchte ich, ihn einzubinden, auf unsere Seite zu ziehen, denn ich liebte diesen neuen Sound. Von jetzt an wollte ich immer nur noch den spielen.

Aber Francis hörte mir nicht zu.

Er ging rüber zu Cassies Tasche, in der sie ihr Handy und ihren Kopfhörer hatte.

„Lasst uns mal gucken, was sie gerade gehört hat“, sagte Francis, und setzte ihren Kopfhörer auf. Er drückte auf Play, ohne ihr Handy entsperren zu müssen. Sein Gesicht verfinsterte sich wieder: „What the ...?“

Er nahm den Kopfhörer ab und setzte ihn George auf.

Francis fing an zu lachen und sagte: „Kein Wunder, dass sie verrückt ist – sie macht sich das Hirn kaputt.“ Er zog ein so blödes Gesicht, dass George lachen musste.

Francis meinte: „Hier, Fitz, das musst du dir anhören". Er gab mir den Kopfhörer.

Ich setzte ihn auf und lauschte.

Das war keine Musik.

Und es war auch nicht wirklich Krach.

Es war etwas noch Seltsameres als der Sound, den wir vor fünf Minuten gespielt hatten. Da war eine Menge Lärm, weißes Rauschen. Aber irgendwie fühlte es sich auch so an, als hätte es eine Struktur, eine Form: Um einen einzelnen Ton wälzten sich verwischte Hintergrund-Töne. Und dann war da noch die ganze Zeit so ein pochender, schlagender Puls untendrunter.

Ich schaute auf und sah, wie George über die Verwirrung auf meinem Gesicht lachte. Ich sah auch Francis, der vor mir stand und mich herausforderte, das zu verteidigen, was ich mir gerade anhörte. Er forderte mich heraus, zu sagen, dass ich es gut fand.

„Sie ist doch verrückt, oder?", sagte Francis. Es war keine Frage. „Spinnerin, hm?"

Ich merkte, dass Francis wollte, dass ich zustimmte. Dass er meine Zustimmung brauchte. Also gab ich sie ihm.

„Spinnerin, ja“, sagte ich. Aber ich konnte ihm nicht in die Augen blicken, während ich das sagte und den Kopfhörer abnahm. Als ich aufschaute, sah ich Cassie am Eingang der Garage stehen.

Sie hatte mich gehört.

Einen Moment lang stand sie reglos da. Dann schnappte sie sich ihre Sachen und haute ab, ohne ein Wort zu sagen.

Kapitel 8

RIESIGE STRAHLEN

Samstag, 9. Juli, 11 Uhr

Ich sitze immer noch auf dem Kinnoull-Hügel am Gipfel-Ausblick. Ich starre auf mein Handy und will einfach, dass es klingelt – dabei weiß ich, dass ich keinen Empfang habe.

Von Zeit zu Zeit blicke ich ins weite Tal hinaus. Ich sehe die Hügel in der Ferne. Das ist alles sehr schön. Es ist Sommer, aber das hier ist Schottland und einer dieser Sommertage, die unterschiedlich verlaufen können: Es könnte noch glühend heiß und wolkenlos werden. Die wenigen kleinen, weißen Wolken könnten aber auch innerhalb einer Stunde anschwellen, bis aus dem finsteren Himmel stundenlang Regen auf die Erde peitschen würde. Man kann nur sehr schwer einschätzen, an welchem Punkt sich solche Dinge ändern.

Ich denke an Cassie. An diese Probe und ihren neuen Sound. An diesen „Song“, den wir gespielt haben. Ich will ihn noch mal spielen, unbedingt. Ich will dieses Geräusch noch einmal machen, unbedingt ... Das hat mich so glücklich gemacht. Nur für ein paar kurze Minuten war alles andere egal. Auch Papa, auch das Virus. Sogar Mama. Es war sogar egal, was ich für Cassie empfand – wie sehr ich sie mochte und meine Befürchtung, dass sie mich nicht mochte. Nichts davon zählte. Das Einzige, was zählte, war diese Musik. Mir wird klar, dass es sich jetzt am allerwichtigsten anfühlt, wieder mit George und Cassie zusammen diesen Sound zu machen. Diesen wahnsinnig tollen, geheimen Sound. Diesen Sound voller Kraft, die ... alles tun könnte. Aber jetzt hasst Cassie mich. Und seit mehr als zwei Tagen hat sie niemand mehr gesehen.

*

„Wut“ hieß er. In der Nacht nach der Probe lag ich im Bett und hasste mich selbst dafür, dass ich schon wieder so lahm gewesen war. Und ich dachte über das Wort nach. Wut. Oder Zorn. Ich habe es schon oft im Religions- und Ethikunterricht gesehen – die Bibel ist voll vom Zorn der Menschen.

Die eine Person hat Wut auf die andere Person, Soundso ist wütend auf Soundso. Und gleichzeitig ist Gott zornig auf jeden, was nicht besonders gerecht ist, denn Er oder Sie hat das ganze Ding ja angefangen.

Ärger. Der steckt hinter Wut. Ärger. Davon habe ich in letzter Zeit ziemlich viel erlebt.

Ich habe mich über mich selber geärgert, weil ich schon wieder das gemacht habe, worin Fitz so gut ist: Ich habe nicht selber gedacht. Ich fand ja nicht, dass das, was Cassie sich anhörte, verrückt war. Vielleicht seltsam, aber seltsam ist nicht dasselbe wie verrückt. Wenn wir alles, was ein bisschen neu ist, „verrückt" nennen würden, gäbe es niemals einen Fortschritt in der Welt – sagt Papa immer. Ich habe Francis nur gesagt, dass ich Cassie für verrückt hielt, weil ich wollte, dass er sich besser fühlt.

Allerdings war das sein Problem und nicht meins. Er war als Einziger knurrig und gemein – also hätte er sich bei uns entschuldigen sollen. Stattdessen habe ich etwas gesagt, das ich nicht meinte. Und Cassie hatte es gehört.

Natürlich hatte ich Cassie noch in der Nacht geschrieben, sobald Francis und George weg waren: **Es tut mir echt leid. Ich glaube nicht, dass du verrückt bist. Francis war einfach Francis, und ich bin doof.**

Normalerweise antwortete Cassie sofort, wenn ich ihr eine Nachricht schickte. Im Lockdown hatten wir uns alle daran gewöhnt. Jeder klebte an seinem Handy als einzigem Kontakt zur Außenwelt. Bei jedem waren die Finger bereit, Antworten rauszuhauen. Jeder war noch abhängiger von seinen Geräten, als wir es vorher eh schon gewesen waren. Ist ja klar, wieso. Und Cassie antwortete immer sofort.

Dieses Mal tat sie es nicht. Und ich lag in der Nacht in meinem Bett und hasste mich selbst, immer wieder von Neuem.

Ich fragte mich: Warum findest du es eigentlich so schwer, das zu sagen, was du wirklich glaubst? Und warum fällt es dir leicht, das zu sagen, was du nicht glaubst? Fitz, wirst du jemals erwachsen werden? Wirst du jemals du selbst sein?

Ich fasste einen Entschluss: Falls Cassie nicht antwortete, würde ich am nächsten Tag gleich morgens zu ihr nach Hause gehen und mich persönlich entschuldigen. Ich übte, was ich sagen wollte, immer wieder. Und ich nahm mir vor, ehrlich zu sein. Zu sagen, was ich dachte. Über sie, über alles. Und danach würde ich nie wieder irgendetwas sagen, das ich nicht meinte.

Am Morgen war ich früh auf. Aber ich wartete lieber noch und ging erst um neun Uhr zu Cassie rüber. Dann wirkte ich nicht so verzweifelt, nahm ich an. Ich dachte allerdings auch, dass ihre Eltern mich ungerne noch früher auftauchen sähen.

Ich ging durch den Park und danach den schmalen Weg runter, der zu ihrer Straße führt. Dann stiefelte ich über ihren schicken Kiesweg zum Haus und klopfte an die Tür.

Nichts rührte sich. Ich wartete.

Ich klopfte noch einmal, und sofort danach flog die Tür auf.

Cassies Vater stand vor mir und funkelte mich an. Sein Gesicht war feuerrot.

„Was?“, schrie er.

Ich war so überrascht, so geschockt, dass mir der Mund offen stand.

„Was zum Teufel willst du?“, brüllte er mich an.

Ich hatte richtig Schiss. Jetzt, wo der erste Schreck nachließ, hatte ich Angst, Cassies Vater könnte mich schlagen.

„Ich, äh, Herr Cotton ...“, stammelte ich. „Ich wollte Cassie sprechen ...“

„Die liegt noch im Bett. Und jetzt hau ab ...“

Dann sprach jemand hinter ihm: „Oh Mann, John, jetzt lass doch den armen Jungen in Ruhe!“

Es war Cassies Mutter. Sie stand ganz hinten im Flur, mit verschränkten Armen.

„Mach nicht immer alle Leute so fertig!“, fügte sie noch hinzu.

Cassies Vater wandte sich zu ihr um und schrie sie an: „Das ist mal wieder so typisch für dich! Immer stellst du dich auf die Seite der anderen und nie auf meine.“

Er drehte sich nicht mehr nach mir um, als er mir die Tür vor der Nase zuschlug. Im Weggehen hörte ich noch, wie sie sich anbrüllten. Ich zitterte, aber mir gingen auch andere Dinge durch den Kopf.

Ich dachte: Noch mehr Ärger, noch mehr Wut. Arme Cassie.

Mir fiel diese Nachricht wieder ein, die sie im Park bekam, als wir draußen waren und in dem feuchten Gras lagen. Da stand: Entschuldigung. Komm zurück. Jetzt konnte ich mir denken, von wem die war. Und ich fragte mich, wie oft das passierte. Wie oft stritten sich ihre Eltern? Ich dachte über Cassie nach, das seltsame Mädchen, das die ganze Zeit Kopfhörer trug. Tat sie das, um sich etwas anzuhören? Oder um sich etwas nicht anzuhören?

Mit Ärger und Wut war ich für den Tag noch nicht durch.

Ich war gerade am Ende von Cassies Einfahrt neben der Garage und bog um die Ecke.

Da stand Francis und wartete offensichtlich.

Ich freute mich nicht, ihn zu sehen. Und er freute sich eindeutig nicht, mich zu sehen.

Er knurrte: „Was machst du hier?"

Ich sah nicht ein, warum ich ihm eine Erklärung schulden sollte. Aber ich wollte auch nichts vor ihm verbergen.

„Ich wollte Cassie besuchen", sagte ich. Und ich konnte mir nicht verkneifen hinzuzufügen: „Siehst du ja."

„Was willst du von ihr?"

„Was ich ... was ich von ihr will?", fragte ich erstaunt über seine Frage. „Ich will nichts von ihr,

Francis. Ich bin hergekommen, um mich bei ihr zu entschuldigen."

„Du, das ist meine Band", sagte er.

„Was hat das denn mit der Band zu tun?", fragte ich. Und jetzt wurde ich sauer. Die Sonne stand hinter ihm, und er ist größer als ich. Darum musste ich blinzeln, um ihm ins Gesicht zu schauen. Es fühlte sich an, als würde er mich angreifen.

Francis sagte: „Ach Gott, du bist so blöd." Seine Stimme klang gemein und voller Hass.

Ich war so sauer. Ich wollte ihm wehtun. Ich hatte keine Ahnung, was er vorhatte, aber ich hatte genug von ihm.

„Warum hast du überhaupt eine Band gegründet? Du hast gar kein Talent für irgendwas!", spottete ich.

Das war dumm, denn jetzt sprang Francis mich an. Mit beiden Händen auf meiner Brust rammte er mich rückwärts gegen die Garagen-Mauer. Er hatte alle Luft aus mir rausgedrückt, und einen Moment lang konnte ich nicht atmen. Ich spürte, dass mein Kopf gegen die Wand gedonnert sein musste – ich fühlte eine heiße Flüssigkeit meinen Nacken runterlaufen. Ich blutete wohl aus einer Wunde. Und das alles, während Francis atmete, keuchte, dampfte. Ganz aus der Nähe direkt in mein Gesicht.

„Ich habe diese Band gegründet, um mit Cassie zusammenzukommen", sagte Francis. „Verstehst du es jetzt? Ich will sie."

Ich war ehrlich überrascht.

„Aber du ... du *kanntest* sie doch gar nicht", sagte ich. „George war doch der, der gesagt hat, dass sie Gitarre spielt."

„Und du bist so naiv, Fitzgerald. *Natürlich* kannte ich sie. Ich brauchte nur einen Weg, wie ich an sie rankommen konnte."

An sie rankommen. So nannte er das. Ich dachte ungefähr: Francis, du bist ein furchtbarer Mensch. Und Cassie wird dich auch in einer Million Jahre nicht mal anschauen.

In dem Moment fühlte ich mich plötzlich ruhig. Die Zeit hatte irgendwie kurz stillgestanden, und ich war aus ihr herausgetreten. 70 Kilometer hoch in der Luft entstehen und vergehen riesige, senkrechte Licht-Blitze mit einer Geschwindigkeit von bis zu 50.000 Metern pro Sekunde. Zuerst sind sie blau, dann werden sie rot. Und ich wurde gerade immer noch gegen eine Ziegelstein-Mauer gedrückt, während Blut meinen Nacken und Rücken runterlief. Francis war immer noch ein wütender Hass-Knubbel vor meinem Gesicht. Aber ich fühlte mich ruhig.

Sanft sagte ich: „Francis, lass mich runter."

„Warum sollte ich?"

„Weil hinter dir drei Damen stehen und uns ansehen und du dich lächerlich machst."

Ich weiß nicht, ob Francis dachte, ich würde lügen. Aber er ließ mich los und drehte sich schnell um. Jetzt konnte er die drei älteren Damen sehen, wie sie uns anblickten. Sie hatten diese kleinen Einkaufs-Roller dabei und waren wohl auf dem Weg zum Laden an der Ecke.

„Jungs, ist alles in Ordnung?“, fragte eine der Damen mit ernsthaft besorgter Stimme.

Francis sagte nichts – sein Ärger hatte sich in unbeholfene Verlegenheit gewandelt. Er fuhr sich mit der Hand durchs Haar, während ich sagte: „Ja, ist nur Spaß.“

„Bist du sicher, Junge? Ach, du meine Güte, blutest du etwa?“

Ich fasste mir an den Kopf und sagte: „Nur ein Unfall. Ist schon gut, alles gut.“

„Bist du dir sicher?“, fragte die kleine Dame noch einmal.

„Ja, danke“, sagte ich. „Francis geht jetzt.“

Ich sah ihn an und hielt sein Starren so lange aus, bis er als Erster wegschaute und die Straße runter wegschlich.

Ich rannte nach Hause und wunderte mich über Francis.

Als ich reinkam, sah Papa das Blut und regte sich fünf Minuten lang ein bisschen auf. Ich erzählte ihm eine Geschichte von Rumtoben auf den Kinderschaukeln und rückwärts Runterfallen. Ich konnte ihn beruhigen, indem er sich die Stelle angucken durfte und sah, dass es gar nicht so schlimm war. Einfach nur viel Blut.

Papa sagte: „Erschreck mich nicht so.“ Und ich wusste, was als Nächstes kam, denn das wiederholt er ständig: „Du bist alles, was ich habe.“

Aber ich dachte nicht an Papa. Oder daran, wie Mama uns verlassen hatte. Ich dachte noch nicht mal daran, dass ich verletzt war oder dass Francis mich gegen eine Mauer geknallt hatte.

Ich dachte immer noch an Cassie. Dass ich ihre Gefühle verletzt hatte.

Was niemand von uns damals wusste: An dem Morgen, an dem ich zu ihr nach Hause gegangen war und Francis mich angegriffen hatte, war Cassie schon weg. Wir alle dachten, Cassie wäre oben in ihrem Zimmer, zu Hause. Auch als ihr Vater mich grundlos anschrie, auch als ihre Eltern sich stritten, auch als

Francis seinen Ärger an mir ausließ. Aber sie war nicht zu Hause. Sie war schon weggegangen.

Und der Grund, warum sie gegangen war, war mein Fehler.

Ich sagte ja schon: Cassie hat mir in der Nacht nach der Probe nicht sofort zurückgeschrieben, als ich ihr geschrieben hatte, um mich zu entschuldigen und ihr mitzuteilen, dass ich sie nicht für verrückt hielt. Aber später hat sie geantwortet.

Ist okay, schrieb sie. **Das ist mir nicht wichtig.**

Es tut mir trotzdem leid, antwortete ich. Ich holte tief Luft und tippte: **Was ist dir denn wichtig?**

Kurze Pause. Und dann: **Fitz, glaubst du das mit dem Summen?**

Ich dachte über meinen neuen Beschluss nach, nicht zu lügen – mich selbst nicht zu belügen und auch sonst niemanden. Also nicht zu sagen, was ich nicht denke, was ich nicht meine.

Ich glaube, du kannst es hören, schrieb ich.

Aber glaubst du denn, dass es das echt gibt?

Ich zögerte lange.

Dann antwortete ich: **Ich glaube, für dich gibt es das echt.**

Und danach habe ich nie wieder etwas von ihr gehört.

*

All das geht mir durch den Kopf, während ich auf dem Gipfel-Ausblick sitze.

Ich rätsele, wie das Wetter werden wird – ob es Stürme gibt oder schönes Wetter. Ich denke über den Punkt nach, an dem es definitiv auf Stürme rausläuft und es kein Zurück mehr gibt. Darüber, dass der Punkt überschritten ist, wo man die Sachen noch in Ordnung bringen kann. Ich betrachte die schöne, sanfte Landschaft, den Himmel und die Bäume und Hügel. Ich denke an die Welt. Und daran, was Cassies Vater glaubt: dass es mit der Welt schon vorbei ist – und wir das nur noch nicht wissen. Und dann stehe ich auf. Ohne zu wissen, warum.

Ich spüre das Bedürfnis, das Verlangen, zu stehen.

Ich gehe rüber zu der kleinen Stein-Säule mit der runden Blech-Platte auf der flachen Oberseite – über die Cassie gelacht hat. Ich weiß noch, wie sie die zwei Männer nannte, diese beiden arroganten Männer, die sich gegenseitig dazu gratulierten, die Welt zu *besitzen*.

Dann sehe ich es.

Es ist nicht viel, aber es sagt mir sofort etwas.

Ich schaue mir die Inschrift auf der Platte noch einmal an und sehe, dass etwas anders ist: Jemand hat ein paar der kleinen Buchstaben angemalt. Er oder sie hat sie mit weißem Korrektur-Zeug oder etwas anderem Weißem gefüllt.

Nur fünf Buchstaben aus der Inschrift sind auf diese Art ausgewählt worden, in weiß. Das „w" und das „r" aus „Dewar". Das „a" und das „t" aus „beautiful". Das „h" aus „hill".

W-R-A-T-H. Also Wut.

Am Rand der Platte ist noch ein Pfeil mit der weißen Farbe gezeichnet. Er zeigt ungefähr nach Norden. Und jetzt weiß ich, wohin Cassie gegangen ist.

Ich hole mein Handy raus, um etwas nachzuschauen, habe aber vergessen, dass ich hier oben keinen Empfang habe. Ich fluche und renne los. Ich muss so schnell wie möglich nach Hause.

Den Kinnoull-Hill runter, am Fluss entlang, in die Straßen rein und durch den Park.

Ich kriege Seitenstechen, renne aber weiter. Ich werde langsamer, renne aber weiter. Ich stürze zur Küchentür rein und erschrecke damit Papa. Er ruft mir nach, während ich die Treppe hochtrampele. Und ich renne immer noch weiter bis in mein Zimmer. Da kralle ich mir meinen Laptop.

Papa erscheint in der Tür.

„Fitz, was zum Kuckuck ...?“, fragt er. „Was ist los?“

Ich kann kaum atmen, aber ich öffne Karten, verfluche beim Tippen meinen so blöd lahmen alten Laptop. Ich schaue zu Papa hoch.

„Ich weiß, wo sie ist“, sage ich.

„Was? Wo?“

„Da“, antworte ich und drehe den Laptop um.

Papa kommt ins Zimmer und bückt sich, um auf den Bildschirm zu starren.

„Wo?“, fragt er noch mal. Also zeige ich auf den Bildschirm, auf den Ort, an dem Cassie sein muss – so weit weg von allen auf dieser dummen Insel, wie man nur gelangen kann. Das hat Cassie doch selbst gesagt.

„Cape Wrath“, sage ich. Das ist das nordwestliche Ende von Schottland. „Das haben wir letztes Jahr in Erdkunde durchgenommen.“

Papa starrt mich an.

„Wir müssen los“, sage ich. „Jetzt.“

Er starrt mich noch eine Sekunde an, während rund um die Erdkugel geheimnisvolle elektrische Entladungen die Schumann-Resonanz erzeugen, und ich bete …

Dann nickt Papa, und ich liebe ihn.

„Los“, sagt er.

Kapitel 9

BEULAH

Es wird eine lange Fahrt werden, aber wir schmeißen uns einfach ins Auto und fahren los. Papa sagt, alles, was wir brauchen, besorgen wir unterwegs.

Als Erstes stöpselt er sein Handy ein, um es zu laden, und gibt es mir.

„Fang an, Leute anzurufen“, sagt er.

„Wen zuerst?“, frage ich.

„Die Polizei. Dann Cassies Eltern. Und dann ... weiß ich nicht“, sagt er, während wir auf die breite Landstraße auffahren, nach Norden.

Papa hat Mary, die Polizistin, in seinen Kontakten. Also rufe ich sie an. Sie geht sofort dran, und ich erkläre ihr das mit dem Namen der Musik und mit der Platte auf dem Kinnoull-Hügel.

Und dass Cassie davon geredet hat, so weit wegzugehen wie möglich. Denn das ist Cape Wrath: der nordwestlichste Punkt auf dem Festland des Vereinigten Königreichs.

Mary hört zu und sagt dann, sie würden sich das mal anschauen, und ich fühle, wie der Frust in mir aufsteigt. Ich bitte sie, sich zu beeilen. Am anderen Ende der Leitung ist Stille. Dann teilt Mary mir mit, dass sie fest davon ausgehen, Cassie wird irgendwo in oder bei Glasgow sein, mit den Leuten, die das Summen erforschen. Sie erklärt, dass sie eine E-Mail auf Cassies Handy gefunden haben, in der sie nach Details zum Treffpunkt gefragt hatte, genau wie ich in meiner Mail. Die Polizei hat also jeden Grund zu glauben, dass Cassie mit diesen Leuten zusammen ist.

„Ich glaube das nicht", sage ich zu Papa, als ich auflege. „Warum nimmt man denn sein Fahrrad mit in den Zug und lässt es darin stehen? Warum wirft man sein Handy in den Müll?"

Papa schüttelt den Kopf. „Aber andererseits ... gibt es doch das Material aus der Videokamera."

„Ich weiß, aber vielleicht ist Cassie an der ersten Haltestelle ausgestiegen und hat stattdessen einen Zug nach Norden genommen."

Papa neigt den Kopf zur Seite, als würde er gerade eher zuhören als denken.

„Ich glaube, du hast recht", sagt er. „Schickt die Polizei uns jemanden voraus?"

„Das hat Mary nicht gesagt. Ich denke schon, dass sie das machen – sie hasst nur zuzugeben, dass ich recht haben könnte."

„So sind die Menschen", sagt Papa lachend. „Anscheinend sogar Polizisten. Okay, dann ruf jetzt Cassies Eltern an. Die Nummer müsste noch in meinem Handy sein."

Ich rufe an, lande aber auf dem Anrufbeantworter. Ich versuche, die Sache zu erklären, aber zuerst erzähle ich alles durcheinander. Dann sage ich einfach: „Es ist kompliziert. Rufen Sie zurück, sobald Sie das hier hören."

Papa ist wunderbar: Er plant, denkt voraus, ruhig.

„Such den Weg zum Cape Wrath in ‚maps' auf deinem Handy und lade das mal runter", sagt Papa. „Wir wissen nicht, was wir da oben für einen Empfang haben."

„Warst du da schon mal?", frage ich.

Er schüttelt den Kopf und sagt: „Deine Mama und ich haben mal davon geredet. Es ist ja nur fünf Stunden weg. Aber wir haben es nie gemacht. Wir hatten einfach so viel um die Ohren. Und manchmal könnte dann ein Ort, der nur fünf Stunden entfernt ist, auch gleich auf der anderen Seite des Planeten liegen …"

Ich versuche, den Weg zum Cape Wrath rauszufinden, aber die App lässt mich nicht.

„Ich bin mir nicht sicher, ob es da überhaupt eine Straße gibt", sage ich beim Reinzoomen. Ich sehe zwar irgendwann doch eine Art Weg, aber die nächste richtige Landstraße liegt ein bisschen weiter östlich in einem Ort namens Durness. Also berechne ich den Weg dorthin.

„Wir kriegen das schon raus", sagt Papa, und ich hoffe, er ist sicherer, als er klingt.

Jetzt sind wir auf der A9.

Die Landschaft ist weit und flach. Schottland rauscht unter unseren Reifen schnell vorbei.

„Papa, du fährst zu schnell", sage ich mit einem Blick aufs Armaturenbrett.

„Lass uns Zeit sparen, solange wir können", erwidert er. „Wir haben der Polizei doch schon gesagt, was wir machen, oder?"

Hier ist eh kaum jemand unterwegs außer uns – der Himmel ist klar und die Straße trocken. Und ich kann nur an Cassie denken. So viel habe ich im Kopf. Ich höre noch alles, was wir in den letzten paar Wochen gesagt haben. Mein Gehirn spielt das in Dauerschleife ab. Einen Gedanken werde ich nicht los: Wenn ich mich anders verhalten hätte, wäre das alles vielleicht nicht passiert.

Ich starre aus dem Autofenster in die Landschaft, die vorbeizieht. Das erinnert mich daran, wie ich während des Lockdowns mit Cassie im Dunkeln im Gras gelegen habe. Ich erinnere mich noch daran, wie sich unsere Finger leicht berührten. Aber vor allem habe ich ein Bild im Kopf vom letzten Moment, in dem überhaupt jemand Cassie gesehen hat: auf dem Video aus dem Bahnhof, mit ihrem weißen Haar, das leuchtet wie ein elektrischer Licht-Blitz. Das letzte Bild von ihr ist verschwommen, unscharf und schwarz-weiß – als ob sie schon ein Geist wäre.

Papa und ich sind spät aufgebrochen, deshalb ist der Morgen schon vorbei. Die Landstraße führt uns hinauf ins Vorgebirge und am Cairngorms-Gebirge vorbei. Dann geht es wieder abwärts auf Inverness zu. Dort fährt Papa von der Straße ab.

„Was machst du?“, frage ich. „Wir können nicht anhalten.“

„Das Auto braucht Benzin“, sagt er. „Und ich muss pinkeln. Und wir müssen was essen. In fünf Minuten sind wir wieder unterwegs.“

Ich gehe in den Laden und lege einen ganzen Stapel Sandwiches und Getränke in einen Korb, während Papa tankt. Papa kommt rein und sieht den Berg Essen, den ich eingesammelt habe. Ich sehe ihn zögern. Ich weiß, was er denkt: Benzin ist teuer, Tankstellen-Sandwiches sind teuer. Und wir haben nicht viel Geld. Aber dann sage ich: „Auf dem Rückweg brauchen wir Essen für drei."

Er sagt nichts.

„Oder nicht?", frage ich und fühle, wie mir das Herz in die Hose rutscht.

Papa sieht mich an und sagt: „Doch, Fitz, du hast recht. Tut mir leid."

Wir gehen zur Kasse. Der Kassierer ist ein alter Mann. Er sieht aus, als sollte er schon seit Jahren in Rente sein: dürr, vertrocknet und zerbrechlich. Als er alles zusammenrechnet, sagt er: „Kann so oder so kommen."

Und Papa fragt: „Entschuldigung?"

Der alte Mann zeigt mit dem Daumen aus dem Fenster und sagt: „Das Wetter."

Papa sagt nichts dazu, nickt aber höflich. Am Himmel ist nämlich keine einzige Wolke – es ist ein schöner, warmer, sonniger Tag.

Wir fahren weiter. Schon sehr bald sieht es danach aus, dass der Mann an der Tankstelle recht hatte. Aus dem Nichts beginnen Wolken, vor uns aufzuquellen. Als wir die Cromarty-Brücke erreichen, sieht der Himmel böse aus. Es ist immer weniger blauer Himmel dabei und dafür immer mehr dunkelgraue Wolken-Flecken.

„Wie lange noch?", fragt Papa.

„Immer noch ein paar Stunden", sage ich. Schottland ist so groß, so leer.

Papa sagt nichts. Ich sehe ihm an, dass er an alles Mögliche denkt. Und ich bin nicht sicher, ob ich das genauer wissen will.

Er fragt: „Was Cassies Eltern wohl davon abhalten mag, uns anzurufen?“

„Wahrscheinlich sind sie zu sehr damit beschäftigt, sich anzubrüllen“, sage ich, ohne darüber nachzudenken.

„Fitz, es ist ziemlich gemein, das so zu sagen. Du solltest nicht …“

„Papa, die brüllen sich die ganze Zeit an“, unterbreche ich ihn. Und dann berichte ich ihm alles darüber. Oder zumindest das, was ich weiß. Ich erzähle ihm, dass es vermutlich während des Lockdowns so heftig war, dass Cassie mitten in der Nacht weggelaufen ist, ganz allein, einfach nur, um davon wegzukommen.

Ich erzähle Papa, dass sie immer Kopfhörer trägt und ich schon vermute, sie tut das, um sich bestimmte Dinge nicht mehr anhören zu müssen.

Und ich erzähle ihm von dem Summen – so viel, wie ich darüber weiß.

Als ich fertig bin, guckt Papa nachdenklich.

„Armes Kind“, sagt er. „Glaubst du …?“

„Was?“

„Das all dieser … Stress … ihre Eltern, der Lockdown, die ganze Zeit komische Geräusche hören …“

„Du hältst sie für verrückt“, sage ich.

„Nein, Fitz, nein. Nur …“

„Was?“

Papa antwortet nicht. Das braucht er nicht. Wir wissen beide, woran er denkt. Er denkt an Mama. Wie sie, fast ohne Vorwarnung, gegangen ist. Sie hat nicht nur Papa verlassen – sie hat auch mich verlassen. Weil irgendwas an ihrem Leben zu viel für sie gewesen war. Und wir haben nie genau erfahren, was. Der Versuch, das rauszufinden, hat Papa jahrelang verrückt gemacht.

„So ist es nicht“, sage ich zu Papa. „Sie brauchte nur jemanden, der ihr glaubte.“

„Wer? Deine Mama?“

„Nein, ich meine Cassie. Sie brauchte jemanden, der ihr glaubte. Bloß *einen Menschen.*“

Und ich brauche gar nicht hinzuzufügen, was ich denke: Dieser Mensch wäre am besten ich gewesen.

Wir fahren weiter. Auf flacher, freier Strecke fährt Papa so schnell, wie er kann. Aber es gibt auch kurvige Abschnitte. Da muss er langsamer fahren, und das kostet uns Zeit. Die Straße führt uns an kleinen Dörfern vorbei, über freiliegende Berghänge, durch Waldstücke. Und dann bricht plötzlich der Himmel über uns zusammen und fünf Minuten lang hämmert heftiger Regen auf uns nieder. Genauso plötzlich kommen wir wieder raus aus dem Regen. Fünf Minuten später haben wir wieder blauen Himmel und Sonne.

„Kann so oder so kommen“, sagt Papa. Ich weiß, er denkt an den alten Typen an der Tankstelle. Und wir lachen trotz allem.

Die Straßen werden schmaler. Wir biegen an der Bonar-Brücke links ab Richtung Lairg. Die Straße ist kaum noch breit genug, damit zwei Autos aneinander vorbeikommen. In der Mitte ist nur eine blasse Spur einer weißen Linie zu sehen. Als die Straßen noch schmaler werden, werden wir langsamer.

Dann wird die Landstraße wieder besser, breiter, und es gibt meilenlange gerade Abschnitte. So können wir wieder schneller fahren.

„Mein Gott, ist das alles schön hier", sagt Papa.

Mir ist zwar nicht danach, ihm zuzustimmen, aber recht hat er schon. Wir kommen auf unserem Weg an jeder Art von Landschaft vorbei, die man sich vorstellen kann: Berge, Wälder, Moore, Flüsse und Seen, und das ist alles echt schön. Aber ich kann gerade nur an das denken, was Cassie von ihrem Vater erzählt hat – dass er denkt, mit der Welt ist es schon vorbei.

„Ist es vielleicht schon zu spät?", frage ich Papa und schaue in die Welt hinaus.

„Wir werden sie finden, Fitz“, antwortet er. „Wenn sie hier ist, dann finden wir sie.“

„Das meinte ich nicht“, sage ich.

„Was meintest …?“

„Hier!“, rufe ich und zeige auf die Kreuzung vor uns. „Da müssen wir abbiegen!“

Wir biegen links ab auf die schmale, einspurige Straße, die uns ans Ziel führt. Und Papa fragt mich nicht mehr, was ich meinte.

Wir sehen zuerst einen langen See links von uns und dann noch einen rechts. Nach einer Stunde erreichen wir Durness.

„Und jetzt?“, frage ich und schaue mich um.

Hier ist mehr, als ich mir vorgestellt hatte: ein Pub und Hotel, ein paar Läden und ganz viele Schilder, die auf Touristen-Attraktionen in der Gegend hinweisen.

Papa zeigt auf den nächsten Laden und sagt: „Lass uns da mal fragen gehen."

Fünf Minuten später sind wir wieder im Auto auf der Straße, über die wir hergekommen sind. Wir suchen die Fähre nach Cape Wrath und sollen „nach Andy fragen".

Wir müssen über das Wasser. Obwohl Cape Wrath noch zum Festland gehört, muss man über die Meerenge Kyle of Durness übersetzen. Die ist zwar nicht sehr breit, aber sie reicht tief ins Land.

Beinahe fahren wir an der Straße vorbei, die wir auf dem Hinweg nicht bemerkt haben. Aber jetzt sehen wir, dass doch ganz klar Cape Wrath dransteht.

Ich weiß nicht, wie wir uns die Fähre genau vorstellen. Natürlich kein großes Boot, aber ich dachte schon, da wäre ... etwas. Wenigstens ein Gebäude. An der Stelle, wo die Straße endet und ein Bootssteg ins Wasser ragt, stehen aber nur ein paar geparkte Autos. Rechts von uns lässt sich das offene Meer erahnen.

Irgendwo in der Welt schießen blaue Energie-Blitze hoch in die Luft, weit über dem Leben der Menschen. Die Erde hallt zur Antwort wider, mit einer tiefen, grollenden Kraft. Und dann sehen wir das Boot.

Es ist winzig. Hässlich, grau, metallisch – offen, flach, aber mit hohen Seiten. Es sieht aus, als könnte es höchstens 20 Personen befördern. Vielleicht noch ein Fahrrad, wenn alles ruhig ist. Sein Name steht am Bug, ein seltsamer Name: Beulah. Ich starre ihn lange an, weiß aber nicht, wieso. Papa geht schon mal zu dem Mann hin, der im Boot sitzt.

„Andy?“, fragt Papa, und der Mann nickt.

Er ist ungefähr so alt wie Papa, schätze ich, aber das ist schwer zu sagen. Sein Gesicht ist braun und faltig. Es sieht aus wie zerfallende Felsen. Ich nehme daher an, er verbringt fast sein ganzes Leben draußen, bei gutem wie bei schlechtem Wetter.

„Wir müssen zum Cape Wrath“, sage ich. „Können Sie uns da hinbringen?“

Wieder nickt Andy, als hätten wir alle Zeit der Welt.

„Haben Sie ein Mädchen gesehen?“, frage ich.

Jetzt spricht Andy zum ersten Mal. Langsam fragt er: „Deine Freundin? Die mit dem weißen Haar?“

„Ja!“, rufe ich. „Ja!“

Cassie ist hier. Ich kann es kaum glauben. Aber es kann niemand anderes gewesen sein.

Andy runzelt die Stirn. „Dann müssen wir uns beeilen – es zieht schlechtes Wetter auf.“

Er setzt sich in Bewegung, winkt uns zu sich aufs Boot und löst das Seil vom Bootssteg. Aber er tut das, als hätten wir noch alle Zeit der Welt.

Ich denke mir: Und vielleicht haben wir die, vielleicht ist noch Zeit.

Kapitel 10

WUT

„Zwischen Himmel und Erde“, sagt Andy, der Bootsmann.

Ich höre ihn kaum.

Wir sind mitten auf dem Wasser. Es ist nicht breit, keine weite Fahrt, nur ein paar hundert Meter, aber plötzlich fühlt es sich an, als wären wir nirgendwo.

Ist Cassie wirklich ganz allein den ganzen Weg hierher gekommen?

Aber Andy hat sie gesehen – er sagt, er hat sie über das Wasser gebracht, heute früh. Sie hatte Vorsprung, also muss sie irgendwo unterwegs einen Stopp eingelegt und übernachtet haben. Hat sie es deshalb so aussehen lassen, als wäre sie auf dem Weg nach Glasgow? Um sich Zeit zu erkaufen? Aber wozu ist sie hergekommen?

Das ist die Frage, die ich schon die ganze Zeit im Hinterkopf habe, seit ich diese fünf Buchstaben auf der Inschrift gesehen habe.

„Zwischen Himmel und Erde", sagt Andy noch einmal. Ich verstehe das nicht, ich nehme es nicht auf. Ich weiß, dass es sich doof anhört, aber ich kann kaum etwas hören. Um mich herum gibt es wahnsinnig viel Lärm: der Bootsmotor, das Schlagen des Wassers gegen die Bootswände, der aufkommende Wind ... Aber ich fühle mich taub.

„Du hast dir gerade ihren Namen angeschaut", sagt Andy, und ich sehe ihn endlich an.

„Entschuldigung?", frage ich.

„Der Name des Bootes", sagt er, mit einem halben Lächeln auf dem Gesicht. „Beulah."

„Ach so, ja", sage ich.

„‚Zwischen Himmel und Erde' bedeutet das", sagt Andy.

„Ah", sage ich. „Ja. Gut."

Papa sitzt in unserer Nähe. Er schaut Andy weiter an, und ich weiß, dass er etwas sagen will. Aber er will auch, dass wir so schnell wie möglich übers Wasser kommen.

Und das kleine Boot tuckert weiter durch die Wellen, die rauer werden. Jetzt gleiten wir an den Anlegesteg auf der anderen Seite. Wir haben nur einen kleinen Streifen Wasser überquert. Dennoch habe ich das komische Gefühl, dass wir etwas viel Größeres überquert haben, etwas viel Wichtigeres. Als wären wir in einem fremden Land, einer anderen Welt gelandet.

Als wir aus dem Boot steigen, sagt Papa, was er im Kopf hatte: „Andy, fahren Sie oft unbegleitete Kinder über die Meerenge?“

Andy runzelt die Stirn und sagt: „Für mich sah sie nicht wie ein Kind aus. Und außerdem ist es nicht meine Aufgabe zu entscheiden, wer hierher kommt – ich bin nur der Fährmann.“

Andy blickt Papa noch einen Moment in die Augen, bis Papa wegschaut.

Er dreht sich um, und wir sehen, dass wir ein Problem haben: Ein einziger felsiger Weg führt vom Anleger hoch und über eine Bergkuppe. Das ist eindeutig der Weg zum Cape Wrath – da sind keine anderen Straßen oder auch nur Pfade.

„Ist es weit zum Cape Wrath?", fragt Papa.

Ich schaue auf mein Handy, das nur einen Balken Empfang hat und sich weigert, irgendwas zu laden. Ich will gerade in meinen Fotos nach den Screenshots suchen, die ich gemacht habe, doch da antwortet Andy: „Nein, nicht weit. Nur ungefähr elf Meilen."

„Hören Sie mal, das hier könnte ein Notfall sein", sagt Papa und wirft mir dabei einen Blick zu. „Wir müssen uns beeilen. Gibt es eine Möglichkeit, wie wir ..."

„Ja", sagt Andy und deutet mit dem Kopf auf einen alten Minibus, der in der Nähe geparkt ist. Der ist in so einem Zustand, dass ich dachte, es wäre ein Wrack, das jemand hier entsorgt hatte. „Da ist der Shuttle."

„Und ist der Fahrer in der Nähe?", fragt Papa.

„Sie schauen ihn gerade an“, sagt Andy. Er ist jetzt ernsthaft dabei, uns beide zu ärgern. Aber er winkt mit der Hand. „Steigen Sie ein, ich bringe Sie dahin.“

Jetzt sitzen wir in dem Minibus und rappeln und poltern durch die trostloseste Landschaft, die ich jemals gesehen habe. Das ist das Ende der Welt – das muss es sein. Der Himmel hängt tief über weitem, offenem Land: matschiger Boden, langweilige braune Gräser und Schilf, so weit das Auge sieht. Nicht ein einziger Baum oder irgendein Gebäude. Der raue und kaputte Schotterweg wirkt so, als ob er gerade einen Kampf gegen die Natur verlieren würde, mit Gras in der Mitte und überall Pfützen.

Die Straße ist nicht mal gerade: Sie windet sich mal nach Süden, dann wieder nach Norden, Westen und Norden, als ob sie keine Ahnung hätte, wie sie dahin kommt, wohin sie uns führen soll.

Andy spricht nicht.

Wir sprechen nicht.

Regen beginnt, gegen die Windschutzscheibe zu klatschen. Dicke Tropfen schlagen auf das Glas.

Ich schaue aus dem Fenster und sehe immer dunklere Wolken kommen.

Und dann sind wir endlich da.

Das Geräusch des Ozeans kommt zuerst.

Wir können ihn noch nicht sehen. Aber als wir aus dem Minibus steigen, können wir das mächtige Brausen des Ozeans hören, ganz nah. Wir sind in der Nähe von ein paar flachen, weißen Gebäuden angekommen. Da ist etwas, das ein Café sein könnte. Aber alles wird vom Leuchtturm überragt – groß, stark, mit einem weißen Fuß und einem schwarzen Teil, in dem das Licht ist. Neben ihm steht ein weiteres kleines Gebäude. Bruchstein-Mauern verlaufen übers Land. Ich kann spüren, dass wir auf hohen Klippen sind. Und der Ozean liegt irgendwo vor uns, dröhnend und heulend. Wartend.

Regen schlägt uns ins Gesicht und auf unsere nackten Hände.

Der Himmel wird noch ein wenig dunkler.

Dafür, dass es nur ein kleiner Ort ist, könnte Cassie sich hier an sehr vielen Stellen verstecken.

„Wir teilen uns auf", sagt Papa. „Wir treffen uns hier wieder, falls du irgendwas findest."

Irgendwas?, denke ich, aber ich bleibe nicht stehen, um zu streiten. Ich renne los.

Papa geht zum Café und ich zum Leuchtturm.

Ich gehe einmal um den Fuß des Turms herum. Da gibt es eine Tür, aber die ist abgeschlossen, und auch die Türen des flachen Gebäudes daneben. Das Land drumherum ist wellig und die Bruchstein-Mauern versperren mir die Sicht.

Ich renne hin und klettere durch eine Stelle, an der die Steine es aufgegeben haben, gegen die Stürme anzukämpfen, die vom Ozean hereindonnern. Der Lärm der See ist jetzt genau vor mir, ohrenbetäubend.

Und da ist es: das wütende, dunkle Wasser des Atlantiks.

Ich bleibe einen Moment stehen, erstarrt beim Anblick der riesengroßen Macht vor mir. In das anhaltende, tiefe Grollen mischt sich das wuchtige Schlagen der gebrochenen Wellen. Ich schwöre, ich kann fast fühlen, wie der Boden unter mir bei jedem Schlag dieser gespenstischen Ozean-Trommel zittert.

Der obere Rand der Klippe ist zerklüftet und uneben, aber es gibt auch weite Gras-Flächen und einen ziemlich unglaublichen Anblick: Die ganze Seite des Hügels, der fürchterlich steil in die See abfällt, ist von Blumen bedeckt. Weißen Blumen.

Das kann doch eigentlich nicht sein. Obwohl Juli ist, ist das Wetter hier am Ende der Welt kein Sommer. Es ist nicht mal Herbst oder Winter – es ist gar keine Jahreszeit. Außer es gäbe eine fünfte, die man „Sturm“ nennen würde. Und doch gibt es hier ein ganzes Feld von zarten, weißen Blumen, langen, weichen Blumen, die in wilden Wogen herumgewirbelt werden, wenn der Wind vom Ozean hineinweht.

Und dann sehe ich Cassie.

Sie ist direkt vor mir, aber zuerst habe ich sie nicht gesehen – in dieser Landschaft ist sie so viel kleiner, als ich dachte. Mir wird plötzlich bewusst, dass dieser Ort viel größer ist, als ich erwartet hatte, und sogar noch mächtiger.

Cassie steht genau am Rand der Klippe und starrt aufs Meer. Sie ist vielleicht hundert Meter von mir entfernt und sieht so klein aus wie eine Ameise. Hier gibt es riesige Felsspalten, die Klippen ragen in die tosenden Fluten. Cassie steht an der äußersten Spitze des Landes.

Ich rufe. Ich schreie. Ich brülle. Aber ich kann meine eigene Stimme selber kaum hören. Also mache ich mich auf den Weg und rase runter, mitten durch die weißen Blumen, und rufe beim Rennen: „Cassie, Cassie!“

Ich bin schon fast da. Sie streckt ihre Arme Richtung Himmel, als ob sie etwas willkommen heißen will oder betet oder was auch immer.

„Cassie!“, schreie ich zum letzten Mal. Und sie dreht sich um.

Sie scheint nicht überrascht zu sein, mich zu sehen. Sie scheint ... gar nichts. Ihr Gesicht ist leer, ihre Haut fast so weiß wie ihr Haar, das ihr patschnass in Strähnen halb die Augen verdeckt. Wasser läuft über ihr Gesicht, und ich weiß nicht, ob das Regen ist oder ...

Dann macht Cassie einen Schritt auf mich zu und verzieht ihr Gesicht, während sie in mich hineinsackt.

Wir sinken beide zu Boden. Und beim donnernden Gebrüll des Ozeans schluchzt sie lautlos.

Wir bleiben lange so.

Der Regen peitscht auf uns herab. Ich friere extrem, aber das ist mir egal. Meine Hände sind rau und rot. Der Regen ist unter meine Jacke gekrochen, unter meine Klamotten, und wir fangen beide an zu zittern. Aber wir bewegen uns immer noch nicht.

Ich hebe den Kopf und schaue auf die See hinaus, während der Regen in mein Gesicht pikst.

Der Ozean ist unermesslich groß. Er bewegt sich langsam, sein Maßstab ist so groß. Wellen kommen von weit draußen auf See herangerollt.

Ihre weißen Kämme werden immer größer und größer, rauschen aufrecht auf die Felswand unter uns zu, bis sie größer sind als Hochhäuser. Dann schmeißen sie sich gegen die Klippe, mit einem Dröhnen, als hätte ein Gott mit seiner Hand auf eine Trommel in Erd-Größe geschlagen.

„Was hattest du vor?“, frage ich, nicht laut, aber direkt in Cassies Ohr, sodass sie mich hören kann.

Sie antwortet nicht. Erst mal nicht.

Sie bewegt sich und setzt sich aufrecht hin, schaut mir ins Gesicht.

„Weiß ich nicht“, sagt sie.

„Warum bist du hergekommen?“, frage ich.

Cassie zuckt mit den Schultern.

„Ich wollte irgendwohin, wo ich das Summen nicht hören kann, wo es übertönt wird. Und außerdem … das habe ich dir ja schon gesagt … so weit wie möglich weg von allen. Außer …“

„Was?“, frage ich.

„Ich wusste, dass du sie finden würdest. Meine Nachricht. Ich wusste, dass du kommen würdest.“

Plötzlich will ich schreien, aber vor Freude. Mir ist nicht mehr kalt – mir geht es wunderbar. Und ich kann einfach nur noch lächeln.

„Das war schlau, was du da mit den Buchstaben gemacht hast. Aber du konntest doch nicht wissen, dass ich zum Gipfel-Ausblick gehen würde. Du kannst nicht gewusst haben, dass ich es finden würde.“

Cassie zuckt noch einmal mit den Schultern. „Ich habe geglaubt, dass du das tun würdest.“

Dieses Wort. *Geglaubt*. Ich schaue in die Welt hinaus: das Land, die See – die gewaltige Energie, die zwischen beiden vibriert. Ich weiß, was Cassie braucht.

„Cassie“, sage ich und schaue ihr in die Augen. „Ich glaube dir. Das mit dem Summen, meine ich. Ich kann es nicht hören, aber ich weiß, dass es echt ist. Das muss es sein.“

Da weint sie und lacht mich gleichzeitig an.

Ich frage: „Was meinst du denn, was es bedeutet? Ist es die Erde? Ist sie wütend auf uns?"

„Ich glaube nicht, dass sie weiß, wie Wut geht. Ich glaube, sie versucht, mit uns zu reden. Uns eine Nachricht zu schicken."

„Was für eine?"

„Sie sagt so etwas wie: Ich kämpfe nicht. Das brauche ich nicht. Aber wenn ihr versucht, mit mir zu kämpfen, dann werdet ihr verlieren", erklärt Cassie.

Hoch über unseren Köpfen, über dem Sturm, meilenweit oben in der Luft, sprühen seltsame elektrische Funken durch die Atmosphäre.

Wir bleiben lange so.

Eine Ewigkeit später ziehe ich an Cassies Arm.

„Komm", sage ich. „Es gibt noch mehr Leute, die sich Sorgen um dich machen."

Als wir zurückkommen, steht Papa da, ein bisschen abseits. Ich sehe ihm an, dass er gewartet hat. Er ist genauso patschnass wie wir.

Wir gehen zu ihm hin.

Ich frage: „Wie lange stehst du schon hier? Warum bist du nicht zu uns gekommen und hast geholfen?"

Er lächelt und sagt: „Sah so aus, als kämt ihr beide super zurecht. Cassie, ich habe deine Eltern erreicht. Im Café gibt es ein Münztelefon. Sie wollen mit dir sprechen."

Cassie sieht verdutzt aus, und auch besorgt. Sie schaut mich an und dann Papa.

„Geh", sagt er sanft. „Ist schon okay. Sie wollen dir ein paar Dinge sagen."

Wir flitzen zu den Gebäuden, und der Regen lässt nach.

Cassie geht ins Café, und ich will ihr nachgehen, aber Papa hält mich zurück.

„Lass ihr ein bisschen Privatsphäre, ja?“, sagt er, und ich nicke.

Wir sind patschnass. Trotzdem setzen wir uns draußen auf eine Bank, die an eine Hauswand geschmiegt ist. Und genau als wir uns hinsetzen, bricht plötzlich ein Sonnenstrahl durch die Wolken.

„Fitz, das hast du gut gemacht“, sagt Papa.

Ich weiß nicht, was ich sagen soll. Also gehe ich darüber weg.

Stattdessen sage ich: „Das ist komisch – dieses Blumenfeld da drüben.“

„Wo?“

Ich nicke mit dem Kopf in die Richtung: „Im langen Gras da hinten, auf der Klippe.“

„Das ist kein Gras“, sagt Papa. „Man nennt das zwar hier ‚cotton grass‘, aber es ist eigentlich kein echtes Gras. Es ist eine Art Riedgras.“

Ich lache.

„Was?“, fragt Papa.

„Du solltest echt zu ‚Gefragt – Gejagt‘ gehen“, sage ich. Und denke: Hm, cotton ...

Cassie braucht lange. Ich stehe auf und gehe ein bisschen rum, um mich warm zu halten. Und dann sehe ich etwas, das an die weiße Wand des Cafés geschraubt ist. Eine kleine schwarze Info-Tafel aus Metall, mit weißer Schrift drauf.

CAPE WRATH

Der nordwestlichste Punkt des britischen Festlandes. Man glaubt, dass Wikinger dieses Kap als Landmarke bei der Seefahrt nutzten und hier abbogen, um nach Hause zu segeln. Der Name „Wrath“ kommt vom altnordischen Wort „hvarf“, das „Wende-Punkt“ bedeutet.

Ich will gerade Papa rufen, damit er sich das Schild ansieht, da kommt Cassie aus dem Café. Sie hat geweint, aber als sie mich sieht, lächelt sie übers ganze Gesicht. Ich habe sie noch nie lächeln sehen. Sie ist so schön.

Ich weiß nicht, was ich sagen soll, also frage ich nur: „Und?“

„Es tut ihnen echt leid“, antwortet sie. „Papa konnte gar nicht mehr aufhören, sich zu entschuldigen. Mama auch.“

„Sind sie sauer?“

„Nicht auf mich, nein“, sagt sie. „Auf sich selber. Sie sagen, das hat sie jetzt wachgerüttelt. Sie hatten so in ihrer Arbeit und ihrer Sorge um die Welt festgesteckt, dass sie mich vergessen hatten.“

„Oh“, sage ich. „Und ... ? Was jetzt?“

„Sie haben mir versprochen, sich mehr Mühe zu geben. Sie wollen zu einer Beratung gehen, haben sie gesagt. Und wieder etwas mit mir unternehmen wie früher.“

„Das ist ... wunderbar“, antworte ich. „Aber was ist mit ihrer Arbeit? Glaubt dein Papa nicht, dass es immer noch zu spät ist? Für die Welt?“

„Darüber haben wir auch geredet. Papa sagt, selbst wenn der Planet anders sein wird als vorher, bleibt den *Menschen* immer noch Zeit, sich zu verändern. Immer. Wenn sie einen Wende-Punkt erreichen."

Einen Wende-Punkt. Das ist einfach so komisch, dass ich loslache. Als Cassie mich mit gerunzelter Stirn ansieht, sage ich nichts, sondern zeige nur auf das Schild.

Sie liest es. Sie versteht.

Sie dreht sich wieder zu mir um und sagt: „Manchmal ist das Leben echt komisch, oder?"

Ich nicke.

Papa kommt lächelnd auf uns zu und fragt: „Seid ihr bereit für den Heimweg?"

Wir nicken.

„Deine Eltern freuen sich, dass wir dich wieder nach Hause bringen", sagt Papa zu Cassie. „Ich habe ihnen versprochen, dass du in Sicherheit bist, also musst du mir auch etwas versprechen: Tu nichts *Un*sicheres. Verstanden?“

„Verstanden, Herr Fitzgerald“, antwortet Cassie. „Wir haben sowieso etwas zu tun, sobald wir nach Hause kommen.“

„Haben wir das?“, frage ich.

„Fitz“, sagt sie grinsend, „wir müssen Musik machen.“

Dieses Buch wurde von Jugendlichen für Jugendliche getestet.

MIX
Papier | Fördert gute Waldnutzung
FSC® C089473

ISBN 978-3-407-82436-3 Print

Die Originalausgabe erschien 2022 unter dem Titel *Wrath*
bei Barrington Stoke Ltd, 18 Walker Street, Edinburgh, EH3 7LP

Übersetzung: Julia Süßbrich
Lektorat: Kristina Wippert-Walburg
Neue Rechtschreibung
Herstellung: Klara Groß
Druck und Bindung: Beltz Grafische Betriebe, Bad Langensalza
Beltz Grafische Betriebe ist ein Unternehmen mit finanziellem Klimabeitrag (ID 15985-2104-100).
Printed in Germany
1 2 3 4 5   28 27 26 25 24

Der Inhalt dieses Buches wurde auf 100% Recyclingpapier gedruckt.

Weitere Informationen zu unseren Autor:innen und Titeln
finden Sie unter: www.beltz.de

Langsam steigt die Panik ...

Oliver Uschmann /
Sylvia Witt

Es kommt

Gebunden, 88 Seiten
Gulliver (82003)

Darius und Lina leben in einem Dorf inmitten der Natur. Doch die Idylle trügt: Etwas nähert sich aus der Ferne.

Zuerst liegt ein kaum vernehmbares Brummen in der Luft. Dann verstummt das Zwitschern der Vögel. Die Unruhe unter den Bewohnern des Dorfes wächst. Mit falschen Prophezeiungen bringen sie sich gegeneinander auf. Die Situation droht zu eskalieren.

Da beschließen Darius und Lina nachzusehen, was wirklich auf sie zukommt ...

GULLIVER www.superlesbar.de
www.beltz.de

Wer als Erster oben ist ...

Keith Gray

Klettern

Gebunden, 112 Seiten
Gulliver (82009)

Hilly ist der beste Baum-Kletterer im Park. Die dünnen Äste der »Verdrehten« und den gespaltenen Stamm von »Doppel-Stämmer« meistert er spielend. Bis ein unbekannter Junge im Park auftaucht und alle mit seinen Kletterkünsten beeindruckt.

Für Hilly gibt es nur einen Weg, er fordert ihn zum Zweikampf auf. Wer als Erster die Spitze des Baums ohne Namen erreicht, wird zur Legende.

In einem erbitterten Rennen entdeckt Hilly plötzlich eine Seite an sich, die nicht nur seine Freunde zurückschrecken lässt.